एक समर्पित महिला

(कहानी-संग्रह)

एक समर्पित महिला

नरेश मेहता

वाणी प्रकाशन ग्रुप
भारतीय ज्ञानपीठ
वाणी प्रकाशन : भारतीय ज्ञानपीठ की पुस्तकों के एकमात्र प्रकाशक एवं वितरक
Email : sales@vaniprakashan.in

सजिल्द पहला संस्करण : 1967
सजिल्द तीसरा संस्करण : 2004
सजिल्द चौथा संस्करण : 2007
सजिल्द पाँचवाँ संस्करण : 2008
सजिल्द छठा संस्करण : 2016
सजिल्द सातवाँ संस्करण : 2024

लोकोदय ग्रन्थमाला : ग्रन्थांक 252

प्रकाशक
वाणी प्रकाशन ग्रुप
4695, 21-ए, दरियागंज, नयी दिल्ली-110 002
फ़ोन : 011-23273167, 23275710
ईमेल : sales@vaniprakashan.in

ISBN : 978-93-5775-642-6

एक समर्पित महिला
(कहानी-संग्रह)
नरेश मेहता

EK SAMARPIT MAHILA
(Short-Stories)
by Naresh Mehta

मुद्रक : आर. टेक ऑफ़सेट प्रिंटर्स, दिल्ली-110 032

Price : INR. 200

श्री चन्द्रमोहन शर्मा को

कहानी-क्रम

कहानी, एक चेष्टा

'तथापि' के बाद यह दूसरा संग्रह प्रस्तुत करते समय कुछ बातें स्पष्ट करना आवश्यक लग रहा है। काल के बृहत्तर सन्दर्भ में यह कोई महत्त्वपूर्ण नहीं है कि किसने कब से लिखना आरम्भ किया। वास्तविक महत्त्व की बात है, विशिष्ट लिखना। इधर अपने बारे में कुछ तथ्यपरक मनोरंजक एवं हास्यास्पद बातें देखने-सुनने में आयीं तथा इनकी ओर डॉक्टर सुरेश सिन्हा ने ध्यान आकर्षित किया। अस्तु–

असल में सन् '40-'50 का दशक संक्रान्ति का दशक था। उस दशक में गद्य की अपेक्षा पद्य में क्रान्ति हुई। काव्य-सम्बन्धी प्रगति एवं प्रयोग का वह दशक था। कथा उस दशक की मुख्य विधा नहीं थी। उस काल का साहित्यिक मानस काव्य पर विशेष रूप से केन्द्रित था। कहानी तथा उपन्यास का दौर तो लगभग '55 से पुनः जोर पर आया। इस ऐतिहासिक वास्तविकता को न स्वीकारने पर अनेक भ्रान्तियाँ हमारे सामने आती हैं। इस काल के लेखकों की लेखकीय यात्रा का स्पष्ट स्वरूप जब तक सामने नहीं आता है तब तक कहानी-क्षेत्र की वर्तमान भ्रान्तियाँ चलती रहेंगी। विधाओं में विभाजन की बात, कवि-कथाकारों एवं केवल कहानीकारों के बीच पार्थक्य की चर्चा आदि बातें इन्हीं भ्रान्तियों में-से कुछेक हैं। अस्तु–

यह एक मात्र संयोग की बात है कि मेरी आरम्भिक रचनाएँ सन् '37-'38 में लाहौर की 'शान्ति' नामक पत्रिका में निकलने लगीं। यदि भूल नहीं करता तो दूसरी या तीसरी रचना मेरी एक कहानी 'रेशमी रूमाल' शीर्षक से उस पत्रिका में प्रकाशित हुई थी। वह कहानी क्या थी, यह कह सकना आज मेरे लिए कठिन है। इसके बाद सन् '40-'41 में उज्जैन में चार या पाँच प्रतीकात्मक छोटी कहानियाँ लिखीं। उनमें से एक का शीर्षक था 'हम जिसे जिन्दगी कहते हैं' तथा यह कहानी किसी कहानी प्रतियोगिता के सिलसिले में जैनेन्द्रजी के द्वारा प्रथम पुरस्कार से पुरस्कृत भी हुई थी। लेकिन इन कहानियों की आज मेरे पास कोई प्रतिलिपि नहीं। इसके बाद मैं काशी चला आया। सन् '43-'44 में बंगाल के अकाल से सम्बन्धित एक कहानी 'माँ, की तुमि वेश्या?' शीर्षक से लिखी। काशी के तत्कालीन पत्रों ने आरम्भ में उसे या तो बांग्ला कहानी समझा या फिर अनुवाद समझा। और अन्त

में वह कहानी अपने बांग्ला शीर्षक के कारण नहीं छप सकी। उसके बाद उसे खो ही जाना था और खो गयी। यह ठीक है कि काशी के दिनों में मेरे कवि का निर्माण हो रहा था, लेकिन फिर भी मैंने उन दिनों गद्य भी लिखा। बल्कि कहना चाहिए कि अपना प्रथम उपन्यास काशी के इसी काल में ही लिखा। हुआ यह कि मैं उन दिनों यू. ओ. टी. सी. में था। द्वितीय विश्व-युद्ध के वे अन्तिम दिन थे। हम लोगों की पूरी सैनिक-शिक्षा होती थी। उसी सैनिक-शिक्षण-शिविर के समय मैंने 'ट्रेंचेज के पीछे से' नाम से एक लघु-उपन्यास लिखा। चूँकि उसमें 'भारत-छोड़ो' आन्दोलन पृष्ठ-भूमि में था, अतः उसे सैनिक अधिकारियों की 'कृपा' के कारण बाहर न ला सका। उसको लेकर वहाँ मेरे साथ क्या गुजरी –यह, एक रोचक प्रसंग है, खैर!

इसके बाद सन् '46-'47 में एक बाढ़ आयी जो बादवाली प्रसिद्ध बाढ़-जैसी तो नहीं थी, पर फिर भी बड़ी बाढ़ थी। उन दिनों मैं मैदागिन की एक चाल में रहा करता था। पी-एच. डी. का काम तो कर ही रहा था, साथ ही 'संसार' कार्यालय से निकलने वाली कहानी-पत्रिका 'आँधी' में सहायक सम्पादक भी था। उस बाढ़ से सम्बन्धित एक लम्बी कहानी 'बाढ़' लिखी जो कि 'आँधी' में छपनी थी। अनेक कारणों से मुझे 'आँधी' तथा काशी दोनों ही छोड़ने के लिए हठात् बाध्य होना पड़ा और फलतः वह कहानी 'आँधी' कार्यालय में ही रह गयी।

सन '47-'48 का समय साहित्य और राजनीतिक जीवन में बड़ा महत्त्वपूर्ण था। प्रगतिशील आन्दोलन उन दिनों अपने शिखर पर था। उसी युग में मैं लखनऊ पहुँचा तथा पुनः इस आन्दोलन से सम्बन्धित हुआ। डॉक्टर रांगेय राघव के 'यह ग्वालियर है' तथा श्री कृशनचन्दर के 'पेशावर एक्सप्रेस' जैसे रिपोर्ताजों की धूम थी। साहित्य में सन् '45 से '55 तक का काल प्रगतिशील आन्दोलन का काल है। उन्हीं दिनों प्रयाग से श्री अज्ञेय ने 'प्रतीक' द्वैमासिक आरम्भ किया था। मेरी इन दोनों विभिन्न धाराओं के प्रति समान रुचि थी। कविताओं के अतिरिक्त मैंने अनेक रिपोर्ताज 'प्रतीक' के लिए लिखे जो एक सामान्य शीर्षक 'लेखक के चारों ओर' के अन्तर्गत छपे। उन्हीं दिनों मैंने एक लम्बी कहानी 'बहू का एक दिन' शीर्षक से लिखी और वह पी. डब्ल्यू. ए. की एक बैठक में श्री यशपाल के यहाँ पढ़ी गयी। उन दिनों लखनऊ से श्री आदित्य मिश्र एवं कुमारी मिसला मिश्र एक पत्रिका 'रक्ताभ' निकाला करते थे, जो कि प्रगतिशील पत्रिका थी। बैठक में तय हुआ कि लम्बी होने पर भी यह कहानी 'रक्ताभ' में एक ही किश्त में छपे। वह कहानी मध्यवर्गीय एक नारी की करुणा को दैनन्दिन जीवन के छोटे-छोटे ब्यौरों के द्वारा प्रस्तुत करती थी। लेकिन मेरा तथा उस कहानी का दुर्भाग्य कि 'रक्ताभ' पर उन्हीं दिनों राजकीय 'कृपा' हुई और पुलिस अन्य कागजों के साथ वह कहानी भी लेती गयी। इसके बाद प्रयाग-नागपुर के दिनों में 'प्रतीक' तथा 'हंस' के लिए अनेक रिपोर्ताज लिखे। कुछ राजनीतिक रिपोर्ताज नागपुर के एक प्रगतिशील साप्ताहिक

'नया खून' के लिए भी लिखे थे। आज उस सामग्री में से कोई भी मेरे पास नहीं है। उस काल की मेरी कविताएँ तक न जाने कहाँ और कैसे छूट गयीं।

रेडियो छोड़कर दिल्ली गया था स्वतन्त्र लेखन करने के लिए, फलतः सन् '53 की दिसम्बर में मैंने तीन कहानियाँ लिखीं—'किसका बेटा', 'वह मर्द थी', तथा तीसरी कहानी का नाम तक याद नहीं रहा, क्योंकि वह मेरे पास नहीं रही। 'किसका बेटा' तो मेरठ या मुरादाबाद से निकलने वाली एक 'लिटिल मैगजीन' में छपी थी तथा 'वह मर्द थी' एवं वह तीसरी कहानी श्री महावीर अधिकारी ने अपने 'नया समाज' नामक पत्र में प्रकाशित की थी। सन् '54 में ही सर्वश्री निर्मल वर्मा, रामकुमार, भीष्म साहनी तथा मनोहरश्याम जोशी के सहयोग से अपनी पहली पत्रिका 'साहित्यकार' निकाली थी, जिसका कि दूसरा ही अंक कहानी-विशेषांक था। इन्हीं दिनों एक महत्त्वपूर्ण घटना घटी। 'कहानी' के तत्कालीन सम्पादक श्री भैरवप्रसाद गुप्त ने 'किसका बेटा' पढ़कर मुझसे अपने पत्र के विशेषांक के लिए एक कहानी माँगी। अपनी ओर से भरसक प्रयत्न कर अच्छी ही कहानी भेजी—'तथापि', लेकिन वह नहीं छपी। बाद में उसे श्री धर्मवीर भारती ने 'निकष' में छापा। भैरवजी वाली इस घटना के अनेक पहलू हैं, जिसका प्रमुख रूप यह रहा कि मैं तब से बराबर कहानीकारों की दलबन्दी से पृथक् रहा। अस्तु—

और जब सन् '59 में प्रयाग में बसने के लिए आया, तब मित्रों एवं सुहृदों के कारण पुनः कहानियों की ओर झुका; अन्यथा सन् '55 से लेकर '59 तक मैंने कोई कहानी नहीं लिखी। मेरे प्रथम संग्रह की अधिकांश तथा इस संग्रह की तो सभी कहानियाँ प्रयाग में ही लिखी गयीं। कहानीकारों, कहानी-पत्रों के सम्पादकों आदि का जो 'मधुर' सम्बन्ध मेरे प्रति रहा, उससे मैंने यही निर्णय लिया कि कहानी क्षेत्र की दलबन्दी से मैं सदा दूर रहूँगा। यद्यपि मैं जानता था कि इस प्रकार के निर्णयों के हानि-लाभ हुआ करते हैं और मैं इनके लिए सदा तैयार रहा। जैसा कि मैंने ऊपर कहा, सन् '40-'50 के जिस दशक में हमारी पीढ़ी आयी, उस समय साहित्य का वादी स्वर काव्य था। लेकिन सन् '55-'56 तक के दशक में परिस्थिति उलट गयी और फलस्वरूप कहानी ने प्रमुखता पा ली। ऐसी स्थिति में अपने समकालीन कहानीकारों की इस मनःस्थिति को भी भली-भाँति समझ सकता हूँ कि कहानी के क्षेत्र में कवियों को न प्रवेशने दिया जाय। शायद यह उस चीज की प्रतिक्रिया है कि जब एक बार कुछ कहानीकार अपने काव्य-संकलन लेकर काव्य-क्षेत्र में आये थे और वहाँ उन्हें कोई मान्यता नहीं मिली थी। असल में किसी भी विधा में केवल रचना करने से ही नहीं काम चलता है, बल्कि उस विधा में अपने वैशिष्ट्य को प्रस्तुत करना होता है।

लेखक का यह वैशिष्ट्य क्या है? प्रत्येक व्यक्ति अपने जीवनानुभवों से इस प्रकार का वैशिष्ट्य प्राप्त करता है। लेकिन इस वैशिष्ट्य को कला के स्तर पर पुनः

अनुभव करना होता है। जब तक जीवन, कला में द्विजत्व रूप में प्रस्तुत नहीं होता, तब तक रचना में वह गुण नहीं आता है जो कि साहित्य को क्लासिकीयता प्रदान करता है। आवेश में भले ही हम साहित्य के क्लासिकीय गुण को अस्वीकार दें, लेकिन प्रत्येक अच्छे लेखक की वह नियति है। वही एक-मात्र निकष है जिससे किसी अच्छे लेखक की मुक्ति कभी नहीं हो सकती। मेरे इस कथन का यह तात्पर्य कदापि नहीं कि क्लासिकीयता किसी साँचे का नाम है या यह कोई सिद्धान्त विशेष है जिसको मानने का अर्थ किसी मध्ययुगीन अन्धी घाटी में भटकना है। साहित्य का यह सार्वजनीन गुण है जो किसी सीमा को नहीं स्वीकारता। सैद्धान्तिक राग-द्वेष, काल विशेष की सीमाएँ इस गुण के लिए कभी बाधक नहीं रहे हैं और फलस्वरूप सब देशों के महान् लेखक सारी मानवता के धरोहर बन सके हैं। इस परिप्रेक्ष्य में यदि हम आज की कहानी के अनेक प्रश्नों को देखें तो उनकी निरर्थकता स्पष्ट हो जाएगी। उदाहरणार्थ आज की कहानी का 'नयी' विशेषण के प्रति इतना दुराग्रह। यह कहना कि आज की कहानी पहले की भाँति फार्मूला पर नहीं चलती, ठीक है; पहले की भाँति आज हमारे जीवन-मूल्य या उसकी पद्धतियाँ वैसी नहीं रह गयी हैं, फलतः वैसे फार्मूले भी नहीं रह गये हैं। आज मूल्यों एवं पद्धतियों का बहुत-कुछ आवश्यक एवं अनावश्यक मिश्रण हो रहा है। ऐसी स्थिति में फार्मूले हो ही कैसे सकते हैं! लेकिन इससे कलात्मक उपलब्धि का क्या सम्बन्ध? हमेशा लेखक अपनी समकालीनता को ही महत्त्व देगा; ऐसी स्थिति में मोपासाँ या चेखव की कहानी से आपका क्या झगड़ा? समाज बदला हुआ है, मान्यताएँ बदली हुई हैं, तब भला कोई भी कैसे पहले के लेखकों जैसी कहानियाँ लिखेगा? हर युग की अपनी विशेषताएँ तथा आवश्यकताएँ होती हैं लेकिन क्या इसके लिए पहले के लोगों को नीचा दिखाना जरूरी है? यह निरी हीन-भावना है कि हमारी रचनाओं को 'मास्टर्स' के साथ रख कर न देखा जाय। हम आज भले ही किसी कारण से ऐसा करवा लें, लेकिन आगामी कल हमारे लेखन को उसी पंक्ति में रखकर देखा जाएगा।

दूसरा तर्क यह दिया जाता है कि आज की कहानी कहीं से भी आरम्भ होकर कहीं भी समाप्त हो सकती है, क्योंकि वह कला के नियमों से निर्देशित न होकर जीवन की अबाधता से प्रभावित होती है। पहले की कहानी एक विशेष ढंग से आरम्भ होकर विकसित होती थी और उसके बाद निष्पत्तित होती हुई समाप्त होती थी, अतएव उसमें कला का बनावटीपन अधिक लगता था। सम्प्रति इस बात को हम मान भी लें कि आज की कहानी पहले की भाँति नहीं रह गयी है, पर इतना तो तय है कि आज की कहानी भी जब आरम्भ होती है तो उसे समाप्त भी होना ही पड़ता है। लेकिन क्या आज की कहानी के आदि और अन्त का भी अपना एक प्रकार नहीं बन गया है? माना कि बड़ा ही लचकीला प्रकार है, पर है तो? आपने अपनी आवश्यकताओं के लिए इस प्रकार को चुना है तो 'मास्टर्स' ने अपनी

आवश्यकताओं के अनुरूप प्रकार निर्मित किया था। कल आपका ढंग भी उसी रूप में अनावश्यक हो जाएगा। कालिदास से जब प्रभाव ग्रहण करने की बात कही जाती है तब उसका मतलब यदि कोई उनके सारे प्रकार से ले ले तो उसकी बुद्धि को भला क्या कहा जाय?

मुझे आज के कहानीकारों का आग्रह सुखकर नहीं प्रतीत होता, क्योंकि जैसे हम किसी स्तर पर अपनी रचनाओं के लिए साहित्य में कुछ रियायत चाहते हैं। नवोदित लेखकों का ऐसा दृष्टिकोण तो समझ में आता है, पर एक सीमा के बाद ऐसी बातें यही सिद्ध करती हैं कि हमारे लेखन में किसी-न-किसी प्रकार की कमी है और उसे छुपाने के लिए हम इस प्रकार का आग्रह करते हैं। वस्तुतः होना यह चाहिए कि आज की कहानी को अपनी उपलब्धियों को लेकर खुले आकाश के नीचे आना चाहिए। अस्तु–

साहित्य को जो केवल या मुख्य रूप से मनोरंजन का साधन मानते हैं उन लेखकों एवं पाठकों से कोई बात नहीं की जा सकती, क्योंकि ऐसे महानुभाव साहित्य का अ-ब-स भी नहीं जानते होते हैं। वस्तुतः साहित्य की कोई भी विधा, अन्वेषण की प्रक्रिया है। प्रश्न तब यह उठता है कि यह अन्वेषण किस चीज का है? अपने आन्तरिक एवं बाह्य जीवन जीने के दौरान हमें जो संघर्ष करना होता है, उससे हमारे व्यक्तित्व में कुछ टूटता है तथा कुछ जुड़ता है। हम इसी निर्मित का अन्वेषण कभी अमूर्त प्रतीकों तथा कभी मूर्त चरित्रों के द्वारा प्रस्तुत करते हैं। चूँकि यह सारा प्रयोजन जीवन्त-सार्थकता के लिए होता है और ऐसी सार्थकता सहज उपलब्ध नहीं हुआ करती, इसीलिए कोई भी रचना कलात्मक प्रक्रिया हुआ करती है, 'रिफ्लेक्स-ऐक्शन' नहीं होती। अन्य कलाओं में जीवन-दृष्टि या व्यक्तित्व बोध का इतना बड़ा हाथ नहीं माना जाता जितना कि साहित्य में। बिना इन दोनों बातों के रचना साहित्यिक नहीं मानी जा सकती। अतएव यह कहा जा सकता है कि साहित्य, अपने से पृथक् को जानने की वैयक्तिक प्रक्रिया है।

यह सारी बात कहानी पर भी पूरी तरह लागू होती है क्योंकि वह भी साहित्य का वैसा ही महत्त्वपूर्ण अंग है जैसी कि कविता है। जैसे मनोरंजन करने वाली कविता को कभी गम्भीरता से नहीं लिया गया, वैसे ही मनोरंजन करने वाली व्यावसायिक, जासूसी, पेशेवर कहानियों को भी गम्भीरता से नहीं लिया जा सकता। वैसे निष्प्रयोजन तो कुछ नहीं होता पर मुख्य रूप से कहानी का जन्म विश्वसनीय दृष्टान्त के रूप में ही हुआ था। जैसे-जैसे समाज बदलता गया वैसे-वैसे कहानी की दृष्टान्तता का स्वरूप भी बदलता चला गया। कहानी आज भी दृष्टान्त ही होती है जिसे आधुनिक भाषा में कहानी का प्रभाव कहते हैं। पुराने अर्थ में दृष्टान्त का प्रयोजन

भी यही है। यह माना जा सकता है कि आज की कहानी आदर्श या नीति का दृष्टान्त न होकर यथार्थ का दृष्टान्त है। आदर्श या नीति-जैसे शब्दों से डरने की आवश्यकता नहीं। हम कितना ही नकारें, पर आज भी हम किसी-न-किसी प्रकार के आदर्श के लिए ही लिखते हैं। वह बात भिन्न है कि आज आदर्श स्वयं समस्या के रूप में नहीं प्रस्तुत किया जाता बल्कि आज का आदर्श यथार्थ की यथार्थता में गुम्फित है। आदर्श-युग की भाषा हमने चाहे छोड़ दी हो, पर श्रेष्ठतर बनने की कामना का क्या तिरस्कार किया जा सका है? हत्या को पहले पाप कहा जाता था और आज अमानवीय या असामाजिक कृत्य कहा जाता है। हत्या को प्रश्रय तो कोई भी लेखक नहीं देगा। यह आदर्श नहीं तो और क्या है? आदिम काल की नीतिपरक कहानियाँ जिस प्रकार आज की सामाजिक बोध वाली कहानियों की जननी हैं, उसी प्रकार उस युग की परियों की कहानियाँ आज की वैयक्तिक कहानियों की जननी हैं। कहानी का यह व्यक्तिवादी स्वर न तो आधुनिक युग की विषमताओं के कारण है औन न ही पश्चिमी। हाँ, इनके आकार-प्रकार पर वर्तमान युग तथा अन्य साहित्यों का प्रभाव निश्चित हुआ है और ऐसा होना भी चाहिए।

प्रायः इस बात पर लोगों में मतभेद पाया जाता है कि कहानी को कैसा होना चाहिए? वस्तुतः यह प्रश्न कोई बहुत महत्त्वपूर्ण नहीं है।

कहानी का क्षेत्र अपेक्षाकृत छोटा है, अतः उसमें एक प्रकार की क्षिप्रता आकार की भी हो सकती है तथा उसके प्रभाव की भी। ऐसी क्षिप्रता या अनुभव की तीक्ष्णता संसार के सारे बड़े कहानीकारों में अपने-अपने ढंग से मिलती है। कुछ लेखकों को ढीली बुनावट की कहानी कहने में सिद्धहस्तता प्राप्त हो सकती है तो किसी को एकदम चुस्त बुनावट की कहानी का ढंग प्रिय हो सकता है। किसी को सीधे-सादे लोग और उनकी अत्यन्त सादी जिन्दगी को प्रस्तुत करना रुचिकर हो सकता है तो किसी को गुम्फित व्यक्तित्व के लोग और बड़े ताम-झाम को आँकने में अच्छा लग सकता है। और अगत्या ये बातें ही कहानी के रूप, प्रभाव आदि को शासित करती हैं। अतः किसी भी रचना के बारे में सैद्धान्तिक या व्यवस्थात्मक व्यवस्था दे सकना भ्रामक होगा। मूल प्रश्न है कि रचना का आप पर प्रभाव हुआ कि नहीं? प्रभाव से तात्पर्य है कि रचना ने आपके निकट सार्थकता ग्रहण की या नहीं? जिस प्रकार आग्रह करके हम इस या उस ढंग की कहानी से प्रभावित नहीं होते, उसी प्रकार इस या उस प्रकार की कहानियों के लिखे जाने की हठता भी नहीं की जा सकती। कहानी यदि लेखक की कलात्मक रचना-प्रक्रिया में से निःसृत हुई है तो निश्चय ही वह पाठक एवं काल के सन्दर्भ में सार्थकता प्राप्त करके रहेगी। प्रयोगशील या चौंकाने वाली कहानियाँ किसी भी समय में ऐसी सार्थकता नहीं ग्रहण कर सकी हैं। कभी-कभी कई कारणों से ऐसी कहानियाँ प्राथमिकता पा जाती हैं, पर समय, लोगों की ऐसी भूलों को ठीक कर दिया करता है।

प्रायः एक भूल यह की जाती रही है कि जो कहानी जरा भी गहरे स्तर पर चलने लगती है, उसे न जाने कितने प्रकार से लांछित कर पंक्ति-च्युत कर देने की चेष्टा की जाती है। सच तो यह है कि जिस कहानी में कलात्मक-बोध एवं जीवन-दृष्टि एकरूप हो जाते हैं, वहीं उपलब्धि जन्म लेती है। कलात्मक-बोध से मुझे गलत न लिया जाय कि इसके द्वारा किसी उलझे शिल्प की मैं वकालत करना चाहता हूँ। कलात्मक-बोध भी सापेक्ष चीज है। हम प्रायः दैनन्दिन जीवन में देखते हैं कि कुछ लोगों को कोई भी बात नहीं छूती और किसी को खपरैल पर उड़ता धुआँ भी उदास कर जाता है। यदि संवेदन के इस महत्त्वपूर्ण अन्तर को न समझा गया तो हम अनेक अच्छी रचनाओं के आस्वादन से वंचित रह जाएँगे। कला का काम सार्थकता ग्रहण करना तो है ही, साथ ही वह हमें संस्कारित भी करती है। इसके लिए हमें अपने ही अनुभव को अन्तिम आप्त-वाक्य के रूप में नहीं मानना चाहिए, बल्कि कलात्मक वैशिष्ट्य से प्रभावित होने के लिए तैयार रहना चाहिए। हमें यह नहीं भूलना चाहिए कि लिखते समय लेखक के सामने कोई-सा भी पाठक नहीं हुआ करता है। रचना के समय तो वह ग्रहण एवं अभिव्यक्ति की प्रक्रिया में लगा होता है। हाँ, हम अपनी रुचि के अनुसार अपना प्रिय लेखक चुन सकते हैं कि हमें दॉस्तावस्की चाहिए या तोल्सत्वोय। लेकिन किसी एक को दूसरे से बदला नहीं जा सकता। साहित्य के इतिहास में जब कभी राग-द्वेष के आधार पर श्रेणियाँ बनायी गयी हैं तब उनसे न पाठकों का ही और न लेखकों का ही कुछ भला हुआ है। साहित्य में चुनाव सम्भव है, श्रेणियाँ नहीं। सूर और तुलसी को भिन्न श्रेणी में खड़ा करना अपना ही छोटापन है। केवल दो ही श्रेणियाँ हुआ करती हैं कि कोई हमारे लिए लेखक है, या नहीं है। साहित्य में भी सारे बड़े लेखक इतने विभिन्न स्तरों पर विशिष्ट होते हैं कि उसे समझने के लिए हमें विनम्र होना पड़ता है। अस्तु—

रचना, प्रतिश्रुति है अपने भोगे हुए उस अनुभव की—जिसे हमने अपने से पृथक् की प्राप्ति के लिए वाणी दी है। ऐसी वाणी सामने वाले तक किस रूप में अभिव्यक्त हुई है, कहना कठिन होता है। अपनी रचना-प्रक्रिया के बारे में कोलम्बस के जिस रूप की चर्चा मैंने 'धर्मयुग' में की थी, यह बात उसके आगे की है। रचना तक पहुँचने के समय तक ही मुझे कोलम्बस की-सी बेचारगी नहीं लगती, बल्कि उससे भी बड़ी उलझन यह सोचकर होती है कि नये संसार के आविष्कार की घोषणा पर लोगों को क्योंकर विश्वास होगा। रचना तक पहुँचने की प्रक्रिया जितनी कठिन है, उससे कहीं अधिक दुष्कर है—उस रचना को सामान्य स्तर तक विश्वसनीय रूप से परिचित कराना। यदि यह कहा जाय कि पात्रों की न केवल सत्ता ही होती है बल्कि उनकी नियति भी सामान्यतः होती है; लेखक को अपने पात्रों की न केवल सत्ता ही जाननी होती है बल्कि उस नियति-कक्षा को भी जानना होता है जिसमें वह यात्रा होनी है, तो सम्भव है कि यह बात या तो बिना कुछ अभिव्यक्त किये यों

ही रह जाय या फिर कुल इतना ही व्यक्त होकर रह जाय कि सम्भवतः लेखन-प्रक्रिया की जटिलता को एक और तरह से कहा गया है। सम्भव है, कुछ को यह बात अतिरंजित भी लगे। मैं सारी रचनाओं के बारे में यह नहीं कहता, लेकिन कुछ रचनाएँ होती हैं जो पाठक से अतिरिक्त सतर्कता की अपेक्षा स्वयं पाठक के हित में करती हैं। अपनी कहानियों के बारे में किसी अन्य अवसर पर तो कुछ कहा जा सकता है पर अपने ही संकलन में ऐसी चर्चा करना कि यह कहानी वैसी है और वह कहानी उस वैसी वाली से भी आगे की है—मेरे शील के विरुद्ध है।

अन्त में मैं श्री लक्ष्मीचन्द्रजी जैन का आभारी इसलिए हूँ कि जिस सीमा की शालीनता उन्होंने मेरे साथ तथा सन्दर्भ में दिखलायी वह अप्रतिम है। यह संकलन काफी पहले प्रकाशित होना था पर कुछ कारण ऐसे आ गये कि यह सम्भव न हो सका। पता नहीं, इस देरी के लिए मुझे किससे क्षमा माँगनी चाहिए।

इति नमस्कारान्ते,

—नरेश मेहता

10 जून 1967
99-ए, लूकरगंज, इलाहाबाद

[प्रथम संस्करण से]

एक समर्पित महिला

मैं श्रीमती शेला से किसके द्वारा, कब, कहाँ और कैसे मिला या मिलवाया गया, यह स्पष्ट रूप से याद होने पर भी बताना नहीं चाहूँगा, क्योंकि उस प्रथम परिचय को कम-से-कम उन्होंने कोई स्वीकृति नहीं दी। और इतनी भद्र महिला जब कोई बात न चाहे तो हमारा यह कर्तव्य हो जाता है कि हम भी उसे अनहुआ ही मानें। लेकिन जिस समय मैं यह सब लिख रहा हूँ, मेरे बाबर-लेन वाले इस क्वार्टर के चारों ओर एक ऐसा मौन व्याप्त है कि जिसे तोड़ सकना मेरे ही लिए नहीं, आसपास के क्वार्टरवालों के लिए भी सम्भव नहीं। इसलिए कुहरे-लिपटी चाँदनी को अकेली निराश्रित छोड़कर हम सब खिड़कियाँ बन्द कर स्वयं मौन हो गये हैं। केवल अपने अन्दर तक बजते इस मौन से लड़ने के लिए ही यह सब लिख रहा हूँ। मुझे सन्तोष है कि इसे श्रीमती शेला नहीं पढ़ पाएँगी और सम्भवतः इसीलिए लिख भी पा रहा हूँ। लेकिन इसका अर्थ उनका स्वर्गीय हो जाना कदापि नहीं है बल्कि यह कि अब वह हम लोगों के बीच से, दिल्ली से, बल्कि कहना चाहिए कि सभी सीमाओं को पारकर चली गयी हैं।...मैं हिमाँधियों का रौद्र स्वर सुन रहा हूँ तथा दो पैरों की लड़खड़ाती आहट भी सुन रहा हूँ। मेरे चारों ओर बर्फ का अनन्त विस्तार फैला है और केवल दो गोरे पैर उन पर चले जा रहे हैं...।

मैं जानता हूँ, आप इससे कुछ नहीं समझ सके हैं। आप तो स्पष्ट जानना चाहेंगे कि वह अब कहाँ चली गयी हैं। आप सच मानें, यह जिज्ञासा अकेले आपकी नहीं है बल्कि मेरी भी है, और-तो-और दिल्ली के सभी आधुनिक लेखकों, कलाकारों की भी जिज्ञासा है। तभी तो आज शाम हम सब 'स्टैण्डर्ड' की बालकनी में एकत्र हुए थे। एक सामूहिक विषाद, एक संगठित जिज्ञासा, एक जलते प्रश्न का काठिन्न्य हमें रात के नौ बजे तक घेरे रहा। हम सबकी जेबों में श्रीमती शेला का वह साइक्लोस्टाइल्ड पत्र, बर्फ की पट्टी-सा सीने पर चुभता रहा, जिसने हमें हठात् दिशाहीन कर दिया था। हम सबके चेहरों पर कब्रगाह जानेवालों की-सी गम्भीरता थी और वह बराबर बनी रही, और हम तब उठ गये थे।

आप तब यह पत्र पढ़ना चाहेंगे, लेकिन यह पत्र, कहानी की समाप्ति पर ही आपको पढ़वा सकूँगा, अतएव पहले आप यह कहानी पढ़ लें। वैसे, यह पत्र कोई मेरी निजी सम्पत्ति नहीं है। इसे तो साइक्लोस्टाइल करवाकर श्रीमती शेला ने अपने शिमला छोड़ने के तीन दिन बाद किसी के द्वारा, सम्भवतः होटल-मैनेजर के द्वारा, प्रेषित करवाया। और आज उनके तथा हमारे बीच एक सप्ताह की अनन्त दूरी फैल आयी है। आप किसी से भी लेकर यह पत्र पढ़ सकते हैं क्योंकि सभी के पास यह पत्र आया है, लेकिन सम्प्रति श्रीमती शेला साइक्लोस्टाइल्ड नहीं हुई हैं इसलिए मैंने यह कहानी पढ़ने का आग्रह आपसे किया है, शर्त नहीं।

श्रीमती शेला, वास्तव में श्रीमती शीला हैं पर अँग्रेजी में अपने नाम को वह Shella ही लिखती हैं जो कि उनकी दृष्टि में Shila या Sheela से अपेक्षाकृत आधुनिक है। 'शीला' में जाने क्यों हिन्दुत्व का पिछड़ापन बोधित होता है, एक सीमा लगती है, जब कि 'शेला' में ईसाइयत की अन्तर्राष्ट्रीय आधुनिक चेतना स्वतः अनुभव होती है, बड़ा ही अनायास खुलापन लगता है। लेकिन वह किसी भी धर्म में स्पष्टतः विश्वास नहीं करतीं, इसलिए उनके नाम का विश्लेषण धर्म के आधार पर करना, संकीर्ण करना होगा।

दिल्ली के सांस्कृतिक जगत् में उनसे जो अपरिचित है, उसे न तो दिल्ली में ही माना जाएगा और न ही सांस्कृतिक जगत् में। कई राजनीतिक तथा धार्मिक महिलाओं की भाँति वह सांस्कृतिक जगत् की लोकोक्ति हैं। यदि लोकोक्ति शब्द के द्वारा पूरी अभिव्यंजना न हो पा रही हो तो आप उन्हें प्रतीक मान सकते हैं अर्थात् संस्कृति का पर्याय श्रीमती शेला ही सम्मत है।

अमेरिकी दूतावास के अनुवाद-कार्य के सिलसिले में ही शिशिर ने मेरा उनसे परिचय करवाया था। शिशिर, 'शिल्पी-चक्र' का मन्त्री है; आधुनिक चित्रकारों में खासा-अच्छा स्थान रखता है। अनेक दूतावासों तक उसकी पहुँच है, लेकिन जाने क्या सोचकर मेरा यह कार्य श्रीमती शेला के द्वारा ही करवाना उसने उचित समझा। सम्भवतः यही सोचा होगा कि दिल्ली के सांस्कृतिक जगत् में मैं अभी नया ही हूँ इसलिए सम्भव है कुछ अड़चन हो, अतएव यदि श्रीमती शेला अमेरिकी दूतावास के सम्पर्क-अधिकारी श्री वारिंगटन से कह दें तो कठिनाई न होगी।

शिशिर ने उस शाम मुझे 'शिल्पी-चक्र' के दफ्तर में ही आने के लिए कहा, क्योंकि श्रीमती शेला तब वहाँ आने वाली थीं। जिस समय मैं वहाँ पहुँचा, हुसैन, गुजराल, रामकुमार आदि अनेक आधुनिक चित्रकार मौजूद थे और सम्भवतः वे सभी

श्रीमती शेला की प्रतीक्षा कर रहे थे। वातावरण काफी उत्तेजक लग रहा था। जयपुर-हाउस में होनेवाली 'राष्ट्रीय चित्र-प्रदर्शनी' को लेकर उन लोगों में बहस चल रही थी। कला-अकादमी ने आधुनिक चित्रकारों के प्रति जो रुख अपनाया था, वह काफी आपत्तिजनक था। इसी सिलसिले में श्रीमती शेला की भी आलोचना हो रही थी कि वह बंगाल-स्कूल तथा परम्परावादियों के साथ माडर्निस्टों को खड़ा कर के कोई अच्छा काम नहीं कर रही हैं। आर्ट में क्राइसिस परम्परावादियों के लिए आया हुआ है न कि आधुनिकों के लिए। ऐसी स्थिति में माडर्निस्टों को इस प्रदर्शनी से सहयोग नहीं करना चाहिए। श्रीमती शेला 'शिल्पी-चक्र' की उपाध्यक्षा भी थीं तथा अकादमी की सदस्या भी। अकादमी की बैठक में वह आधुनिकों का दृष्टिकोण प्रस्तुत करने ही गयी हुई थीं। वह किसी भी क्षण लौट सकती थीं और सबको उनकी प्रतीक्षा थी।

शिशिर, प्रदर्शनी में भेजे जाने वाले विभिन्न चित्रों के लेबलिंग में लगा हुआ था। इस समय चित्रकारों के अलावा कई और लोग भी दीवारों पर लगे चित्रों को देखने में व्यस्त थे। दिल्ली में कला से अभिरुचि रखने वाले दर्शकों-प्रशंसकों का एक ऐसा 'स्टाक सर्किल' है जो सिद्धान्ततः हर सांस्कृतिक अवसर (इसमें वोद्का पीने से लेकर मतभेद तक शामिल है) पर उपस्थित रहता है। कला जगत् का यह वह 'कनाट-सरकस' है जिस पर 'लेडी चेटरलीज लवर' से लेकर 'स्टिल लाइफ' तक का कनाट-प्लेस खड़ा हुआ है।

शिशिर ने जब मुझे निरा नितान्त देखा तो कला के इस 'कनाट-सरकस' में दो-एक दुकानों (व्यक्तियों) के बीच मुझे भी एक नयी गुमटी की भाँति स्थापित (परिचित) कर दिया और अपने काम में बझ गया। चारों ओर चित्रों, व्यक्तियों, कलाकारों तथा तम्बाकू की तेज गन्ध से युक्त बहस के वातावरण में अपनी अपात्रता के साथ घबराहट भी हो रही थी। दर्शकों के अपने नायक-नायिका सभी जगह होते हैं—चाहे वह राजनीति हो, सिनेमा हो, क्रिकेट हो या कला हो; दर्शक नायक के बिना खड़ा ही नहीं हो सकता, सम्भवतः जीवन में भी। यहाँ भी दर्शक अपने-अपने नायक-चित्रकारों के पीछे खड़े होकर आधुनिक कला के साथ होने वाले क्रूसेड की भूमिका देख रहे थे। तभी श्रीमती शेला आती दीखीं। वातावरण में सिवा धुएँ की एक लम्बी तैरती परत के, सब थिर हो, जड़ हो गये। उन्हें देखकर यही लगा कि वह मूर्त चित्र हैं। मैं उस चित्र की फ्रेम तक खोजने लगा था।

आते ही उन्होंने एक मोहक मुसकराहट से सबको देखा और कहा—

—ओ बाबा! व्हाट ए हारीबल डिसकशन वाज देयर!

और रूमाल से अपना मुँह पोंछ एक बार बड़ा शून्य-सा देखा और फिर पर्स में से सिगरेट निकालकर जलायी। किसी ने जब उन्हें आगे कुछ नहीं बोलते देखा तो शिशिर ने पूछा—

—क्या हुआ वहाँ?

—क्या होना था? कभी इस तरह की मीटिंगों में कुछ होता रहा है कि आज ही कुछ होता? ए लांग ऐण्ड टीडियस एकेडेमिक डिसकशन फार ए नान-एकेडेमिक सबजेक्ट। उसके बाद प्रस्ताव—फार ऐण्ड एगेंस्ट—वोट...जेण्टिलमैन! उसके बाद पार्टी—द ओनली सालिड आइटम इन ईच ऐण्ड एवरी मीटिंग, कानफ्रेंस, कानफेडेरेशंस ऐण्ड द इण्टरनेशनल सेमीनार्स—द पार्टी!!

और वह बहुत ही प्यारा-सा हँस दीं। वातावरण में जो एक क्रूसेड का तत्त्व आ गया था, वह सहज हो आया। किसी ने पूछा—

—तो अब हमारी क्या स्थिति है?

—आप सब आमन्त्रित किये जानेवाले हैं और आप सब की तरफ से आप के सहयोग का आश्वासन देकर आ रही हूँ। कुछ गलत किया मैंने?

उन्होंने दो-चार की ओर देखा। शिशिर ने फिर इस बार टोका—

—लेकिन उस, आउटडेटेड वातावरण में आप नहीं समझतीं कि हम...प्रश्न को बीच ही में काटते हुए वह बोलीं—

—डोण्ट बादर शिशिर! लेट द क्रूड बी देअर, द जेनुइन विल शाइन।—सो, एक्जीबीशन वाली पेण्टिंग्स तैयार हैं न?

—एकदम तैयार हैं, बस भेजने की ही देर है।

—तो कल भेज दो!—सुनो, कल तुम किसी समय शाम को आ सकते हो?

—मुझे खुद आपसे एक काम था।

—तो ठीक है, कल तुम वहीं खाना खाओ।

—लेकिन मेरे साथ मेरे एक मित्र हैं, जिनके लिए...

—देन यू कैन इन्वाइट हिम आन माइ बिहाफ ऐण्ड ब्रिंग हिम आल्सो।—अच्छा, तो फिर अब जेण्टिलमैन! हम लोग जयपुर-हाउस में ही मिल रहे हैं। बेस्ट आव लक!!”

और सबको ‘विश’ कर वह लौट गयीं।

जिस समय हम लोग उनके बँगले पर पहुँचे, सवा नौ से ज्यादा था। आज पूरी शाम ही शिशिर के साथ जयपुर-हाउस के प्रबन्ध में बीत गयी। मोतीबाग वाले उनके बँगले के बड़े से फाटक पर जिस समय हम पहुँचे—दूर-दूर तक सुनसान था। कुहरे, सपाटे मारती हवा और लैम्पपोस्टों की उदास पीली फैली रोशनियों के, शेष सब सन्नाटे में खिंचे हुए थे। सघन पेड़ों ने आकाश थाम रखा था। इस नागरिक निर्जनता को कुत्तों की भौंक तोड़ जाती थी। बँगलों के रोशनदानों की रोशनी से वातावरण अरेबियननाइट्स का-सा हो रहा था। बाहरी फाटक की आवाज पर ही बुलडाग की

भौंक आयी और उसी समय बरामदे की रोशनी ने जलकर अँधेरे को एक निश्चिन्तता दी। अकेले यूकेलिप्टिस को हिलते रहने का भार सौंपकर बाकी के पेड़ अँधेरा समेटे मौन बने रहने की चेष्टा में लगे हुए थे।

जैसे ही श्रीमती शेला के नौकर बशीर ने शिशिर को पहचाना, साहस करते हुए कहा–

–काफी देर से मेम साहब इन्तजार कर रही हैं!

–कहाँ, ऊपर स्टडी में हैं?

–जी नहीं, यहीं ड्राइंग रूम में हैं।

और बशीर ने ड्राइंग रूम का परदा ऊँचा किया। बड़े वाले सोफे पर एक तकिये के सहारे अधलेटे हुए, गाउन में, वह किताब पढ़ रही थीं।

–काफी देर कर दी, कहाँ रह गये थे?

–सीधा जयपुर-हाउस से आ रहा हूँ। पूरा दिन लग गया आज।

–क्यों?

–हमें उन्होंने ईस्ट-विंग एलाट की थी–बिलकुल जीने के पास। मैंने तब प्रोटेस्ट किया।

–ईस्ट-विंग क्यों? दैट इज नो प्लेस!

–वे लोग बोले कि हमने आपकी वाइस-प्रेसीडेण्ट को बता दिया था।

–ह्वाट नानसेंस!! दे हैव नाट टोल्ड मी एनीथिंग। मैं अभी निर्मला को रिंग करती हूँ। यह क्या बात है?

–हटाइए, मैंने वह साइड वाला हाल तय करवा लिया है।

–ये अकेडेमी वाले भी सब अजीब हैं। एनी वे।–तुमने तो खाने में इतनी देर कर दी कि इस समय मैं स्वयं भूख हो रही हूँ।

वह इस बीच हाथ की किताब अटैच्ड साइड टेबल पर रख चुकी थीं और अब हँसते हुए उठ रही थीं।

–तुमने यह किताब पढ़ी शिशिर?

–कौन-सी?

साइड टेबल पर रखी किताब की ओर संकेत करते हुए बोलीं–

–आस्कर वाइल्ड की 'द पिक्चर आव डोरियन ग्रे'?

–नहीं।

–ओ ब्वाय!! हाउ हारीबल यू पीपुल आर। लेखकों से पूछो कि रिम्बो कौन था तो मुँह बनने लगते हैं और तुम लोगों से पूछो कि रिल्के कौन था तो हवाइयाँ उड़ने लगती हैं–ऐण्ड द म्यूजीशियंस कम्युनिटी इज द मोस्ट बैकवर्ड कम्युनिटी, कैन नाट साइन देयर ओन नेम्स ऐण्ड दे आर बिग-बिग आफताब्स!! माई गाड!!

ह्वाट आफताब्स दे आर!

बोलते हुए वह पीछे की आलमारी खोल कर एक छोटी-सी ट्रे में पेग और ह्विस्की सहेजे लौटीं और बोलीं।

—तुमने अपने मित्र का परिचय नहीं दिया।

—आपने मौका ही नहीं दिया।

—कब, किसने, किसको मौका दिया है शिशिर? इट इज ए राइट ऐण्ड यू आर टु स्नेच इट।

उनकी मुसकराती आँखों में ताजे वार्निश की चमक थी।

—यह समीर हैं, लेखक हैं।

—गुड!! तब तो आस्कर वाइल्ड पर कभी डिस्कस किया जा सकता है तुमसे। क्यों, ठीक है न समीर?

उन्होंने मुझे पहले परिचय में ही सीधे अनौपचारिक लिया जो उनके आत्म-विश्वास का परिचायक था। मैं बोला—

—लेकिन आस्कर वाइल्ड मेरा प्रिय लेखक नहीं है।

—यू कैन चूज इन द ग्रेट आर्ट ऐण्ड दैट टू अमंग मास्टर्स?

उनके बोलने से यह नहीं लग रहा था कि उन्हें आश्चर्य हुआ है, यद्यपि वाक्य-रचना आश्चर्य को प्रकट करने के लिए ही थी।

—कितने भाग्यशाली हो तुम, समीर! अदरवाइज, टु मी मास्टर्स आर मास्टर्स!! यू आर देयर टु सरेण्डर ओनली।

दो पेग में ह्विस्की ढाल चुकी थीं। फिर बोलीं—

—आज खासी सर्दी है न? शिमला में तो नी-डीप बर्फ गिरी है।

यू डोण्ट माइण्ड वन आर टू पेग्स बिफोर द डिनर?

प्रश्न मुझी से किया गया था, यह हम तीनों जान रहे थे पर शिशिर ने तपाक से कहा, जो कि जीभ से ओठ गीले कर रहा था—

—आफकोर्स नाट।

—मैंने तुमसे नहीं, समीर से पूछा था। क्यों समीर? तुम इसके विरोध में इसके पीने के बाद बोलते रहे हो या मात्र परम्परावादी दृष्टिकोण है तुम्हारा?

—इसके बारे में दृष्टिकोण नहीं, सुविधा का सवाल है।

श्रीमती शेला की मुसकराती आँखों का क्षितिज पता नहीं चलता। वह मुसकराते हुए मात्र दृश्य हो जाती हैं।

—शिशिर! तुम अपने 'शिल्पी-चक्र' में-से एक भी व्यक्ति इस तरह की बातें करने वाला दे सकते हो? रंगों और शब्दों का भेद समझते हो न? अवर राइटर्स आर टाल्सटायज आलराइट, बट पुअर पीपुल हैव नो केरीनीनाज ऐण्ड नटाशाज।

चमकते द्रव्य में दाँत भी चमक उठते हैं। मैं ड्राइंग रूम में रखी ताँबे की बनी

बिथूबन की बड़ी-सी बस्ट-मूर्ति देख रहा था, जिसके चारों ओर श्रीमती शेला के चमकदार दाँतों की स्वल्प हँसी तैरकर अभी-अभी गयी थी।

जिस दिन जयपुर-हाउस में प्रदर्शनी का उद्घाटन हुआ, उस दिन श्रीमती शेला ने श्री वारिंगटन से मेरा परिचय करा दिया और मुझे वह अनुवाद-कार्य मिल गया। मैंने उस दिन अपराह्न की सोनाली धूप में उन्हें पहली बार गौर से देखा। पहले दिन देखने पर वह मुझे चित्र लगी थीं, पर उसके बाद बराबर देखने पर मूर्ति ही अधिक लगती रही हैं। चित्र में एक असंगतता बराबर अनुभव होती है। जब कि मूर्ति में केवल चेतना प्राप्त करना ही और शेष रह जाता है। चित्र का निश्चित परिपार्श्व होता है जिससे उसकी मुक्ति नहीं, वह उससे सदा बँधा रहता है, पर मूर्ति तो ठीक हमारी-आपकी तरह ही परिपार्श्व में होती है। श्रीमती शेला के गले और कान में पन्ना दमक रहा था। तम्बाकू रंग की साड़ी और उसी का ब्लाउज, ऐसा लगा कि किसी वेदी पर खड़ा कर दिया जाय तो इण्डिया-गेट पर इन्हें समस्त राजकीय सम्मान के साथ स्थापित किया जा सकता है। अपने चारों ओर इतनी कलाप्रिय भद्रता देखकर मुझे अपने नाखूनों तक को छिपाते रहना पड़ा था। लग रहा था, लोग एड़ियों पर पंजों के बल चल नहीं, सरक रहे थे। वे सब ऐसे ही आत्मस्थ लग रहे थे जैसे दीवारों पर लगे चित्रों में से वे कपड़ों और रंगों के साथ कूद पड़े हों और अब अपने ही खाली फ्रेमों की प्रशंसा कर रहे हों।

यह तो आप भी मानेंगे कि दिन बीतते क्या देर लगती है? साधारण जीवन में ही आपने भी अनुभव किया होगा कि इण्डिया-गेट के रंगीन फव्वारों को देखते हुए, प्रशस्त लान पर चित लेटकर आसमान ताकते हुए या आइस्क्रीम वाले की आवाज सुनते हुए, लम्बी-सी अनेक शामों के साथ अनेक दिन, बल्कि बरस तक बीत जाते हैं; तो फिर यहाँ भी आप मान लें कि श्रीमती शेला के साथ अवश्य ही समय गुजरा होगा।

उन्होंने अपनी असहजता को बड़ा ही सहज रूप दे रखा था जैसे यही कि वह मुझसे सदा 'बैंगर्स' में ही मिलती थीं, लेकिन दूसरों से 'स्टैण्डर्ड' में। जब कभी वह बाहर खाना खातीं तो वह 'आल्प्स' ही में होता था। अपनी स्टडी में सम्भवतः किसी को प्रविष्ट नहीं होने दिया। शिशिर का कहना है कि मैं ही अपवाद हूँ वरना शेष सब लोगों से वह ड्राइंग-रूम के अतिरिक्त बहुत हुआ तो अपने स्टूडियो में मिल लेतीं। मैं इसमें यही कह सकता हूँ कि उनकी स्टडी क्या थी, एक छोटा-मोटा म्यूजियम ही था। खण्डित, अखण्डित, प्रागैतिहासिक, अर्वाचीन—सभी प्रकार की मूर्तियाँ,

अवशेष, भारतीय, अभारतीय मौजूद थे। जहाँ किताबों के शेल्फ रखे थे, उनके बीच एक पियानो भी रखा था। मैं आज कह सकता हूँ कि मैंने पियानो पर कई गतें सुनी हैं। वैसे उनके संगीत-कौशल के विषय में मैं अधिक कुछ नहीं कह सकता। न ही उनके चित्रों के बारे में। एक नक्काशीदार ईजल पर आये दिन एक-न-एक नया चित्र चढ़ा ही रहता। मैंने घण्टों उनकी स्टडी में बैठकर टरपनटाइन और रंगों की गन्ध सूँघी है, पर मैं प्रतिश्रुत था कि इस सबके बारे में कभी कोई चर्चा किसी से भी नहीं करूँगा। मैं वचन-बद्ध हूँ। आप मेरी विवशता समझ ही सकते हैं। इतना कुछ भी मैं इसीलिए कह सका हूँ कि जिससे प्रतिश्रुत था, आज वह जाने कहाँ चला गया है।

मैं 'बैंगर्स' में बैठा हुआ उनकी प्रतीक्षा कर रहा था। गरमियों की सन्ध्या थी। लाउंज से सटे बरामदे की एक टेबुल पर बैठा हुआ प्रूफ्स पढ़ता रहा। मैंने एक स्थानीय प्रकाशक के लिए तुर्गनेव के 'नेस्ट आव द जेण्ट्री' का अनुवाद-कार्य लिया था। मैं इस अनुवाद को नहीं लेना चाहता था, कारण कि मुझे अपनी पात्रता पर पूरा शक था। किसी भी 'क्लैसिक' का अनुवाद करने के लिए स्वयं का प्रतिभावान होना पहली शर्त है। लेकिन श्रीमती शेला नहीं मानीं। अस्तु—उनकी प्रतीक्षा करते हुए दो घण्टे हो चुके थे। चार का समय दिया था और इस समय छह बज रहे थे। मैं इस बीच तीन कॉफी और दो प्लेट वैफर्स तक खा चुका था, लेकिन उनका पता ही नहीं था। हर आती-जाती कार को बराबर देखता जा रहा था। खिड़कियों के पेनल-शीट्स से कनाट-प्लेस के पार्क के सुलगे गुलमोहर कब सुर्ख से कत्थई हुए, इसका भी मुझे ज्ञान था। दुकानों के लाल-हरे नियोन अक्षरों वाले विज्ञापन गोधूलि में कैसे उज़लाने लगे थे—इसे मैं कनखियों से बराबर देखता जा रहा था। मेन-हाल में आर्केस्ट्रा, लाइट धुन से लेकर आर्केस्ट्रल काम्पोज़ीशन तक कई बार बजा चुका था और हर बार तालियों की गड़गड़ाहट भी सुनी थी। यहाँ बैठे हुए मेरी स्थिति बहुत पूर्व ही असुविधा की सीमा को पार कर चुकी थी क्योंकि इस पीक-आवर में अनेक दम्पती मुझे अत्यन्त भद्रता से घूरते हुए जगह की तलाश में चले जा चुके थे। दो-एक बार सोचा कि फोन कर लूँ, पर उनके घर होने की सम्भावना पर मैं ही निरापद नहीं था। बैरा लोग किसी पार्टी का प्रबन्ध करने के लिए टेबलें मिलाकर रखने लगे थे। और लगभग सवा छह बजे श्रीमती शेला की नीली कार दिखी। उनकी स्लीवलेस गोरी बाँह सदा की भाँति कार पर टिकी हुई थी। उन्हें आया देख बड़ा ही हलकापन अनुभव हुआ, बल्कि समाप्त होते हुए आर्केस्ट्रा को पहली बार ध्यान से सुनकर ताली बजा प्रशंसा भी व्यक्त की। मुझे याद है कि पास की टेबल पर बैठा हुआ एक दम्पती, जो कि जाने कब से सिर में सिर डाले खुसपुसा रहा था, मुझे हठात् तालियाँ

बजाते देख स्वयं भी तालियाँ बजाने के लिए औपचारिक रूप से बाध्य हुआ था। ठीक इन तालियों के बीच जीने से ऊपर उभरती हुई तथा अपने सुनिश्चित ढंग से साड़ी को किंचित् उठाये वह आयीं।

—एक्सक्यूज मी! आइ ऐम सॉरी!

और वह एक चीनी हथपँखिया से यहाँ भी स्वयं को पँखिया रही थीं। प्रायः औरतों में एक विशेष प्रकार का अधिकार-भाव होता है, जो न केवल सहज ही होता है बल्कि सुन्दर भी। पुरुष इसे नहीं जानते, पर स्त्रियाँ इसे सब जानती हैं, तथा इसका प्रयोग भी भरपूर करती हैं। जैसे यही ले लीजिए कि दुनिया की किसी भी, कैसी भी महिला ने कभी भी इतनी देर तक किसी पुरुष के लिए इतनी प्रतीक्षा न की होगी, पर पुरुष प्रायः ऐसा करते हैं। और मजा यह कि दोनों ही ऐसा करना अपना 'प्रिवीलेज' समझते हैं।

बैरा को कोल्ड कॉफी के लिए कहकर, बोलीं—

—तुम नाराज तो नहीं हो न? समीर! समटाइम्स थिंग्स आर जस्ट बियाण्ड वन्स सेल्फ।

—शायद कहीं उलझ गयीं।

—नहीं, बस, मन ही नहीं किया। घर पर ही थी। दो-एक बार सोचा भी कि तुम्हें फोन कर के बुला लूँ या खबर ही करवा दूँ, मगर फिर सोचा कि सम्भव है इस बीच अपने को सहेज सकूँ।

मैं उनका मुँह ही ताकता रह गया। क्या मतलब? मुझे यहाँ समय दिया और आप बिना किसी कारण के दो घण्टे प्रतीक्षा करवा ले गयीं। यद्यपि मन न करना भी तो एक बहुत बड़ा कारण हो सकता है, खासकर किसी महिला के सन्दर्भ में।

—क्या तबीयत ठीक नहीं है?

—समीर! प्लीज, नाराज न हो।...आइ जस्ट डॉण्ट नो—कॉफी पीकर कहीं चलना चाहती हूँ।

—कहाँ?

—एनी ह्वेअर; इन सर्च आव सोलेस इफ नाट पीस।

जैसे ही हम लोग नीचे उतरे, गलियारे में खड़े एक वेणी बेचने वाले से उन्होंने एक वेणी खरीदी और कार का पल्ला खोलकर सीट पर उसे अत्यन्त उपेक्षा से फेंक दिया। अब हम लोग भी कनाट-प्लेस के गोल में तैर रहे थे। बड़ी कारों में चलने का नहीं, तिर उठने का बोध होता है। कनाट-प्लेस के बड़े से गोल में अनेक कारें वृत्त में घूम रही थीं।

'साहिब सिंह' की दुकान के सामने कार रोक वह किसी दवा के लिए गयीं।

लौटकर इस बार लम्बी-सी साँस लेकर कार स्टार्ट करते हुए बोलीं–

—आओ, देखें इस दिल्ली में कहीं शान्ति या एकान्त है या नहीं।

और मैक्समूलर-भवन के सामने से होती कार बाराखम्भा पर निकल आयी। जन-संकुलता क्रमशः कम होती जा रही थी। खुलेपन के कारण ठण्डी तो नहीं, गरम हवा ही थी पर उन्मुक्त थी; शायद इसीलिए उसे सम्पूर्ण रूप से मुँह पर अनुभव कर श्रीमती शेला पी गयीं। जैसे ही मण्डीहाउस से सिकन्दर रोड पर कार मुड़ी, मैंने पूछा–

—क्या इण्डिया-गेट नहीं चल रही हैं?

—इट इज ए वेस्टलैण्ड आव कनाट-प्लेस ऐण्ड आइ हेट इट। ऐसा एकाकीपन, निर्जनता, शान्ति चाहिए समीर! जिसे हवा के साथ अपने भीतर अनुभव कर सकूँ। ये सायास शान्ति या उत्सव कमरे की सज्जा हो सकते हैं, लेकिन इन्हें भोगा नहीं जा सकता। क्या कनाट-प्लेस भोगा जा सकता है? कैन यू एंजाय ए मिलिट्री बैण्ड फार ए चापिन?

मथुरा रोड से होते हुए 'खूनी-दरवाजे' के पास जब उन्होंने फीरोजशाह कोटला के लिए कार मोड़ी, उजाले से अधिक अँधेरा उस मध्यकालीन खँडहर पर घिरा हुआ था। पेड़ों की अँधेरी तिरस्करिणी आकाश में तनी हुई थी। मध्यकालीन इमारत के अवशेष अँग्रेजी-रोमन फिल्मों के पोस्टरों-से खड़े थे। उनकी उच्छिष्ट अधूरी मेहराबें आकाश में बड़ी दयनीयता के साथ लूली लग रही थीं। वातावरण में ऐसा गहरा सन्नाटा था कि किसी भी समय शोर की सम्भावना बनी हुई थी। लान की दूब हलकी भीगी थी। उपेक्षित प्राचीन हमाम-घर पर मुरदा चमेली बड़े ही प्रशस्त भाव से फैली थी। दूब भीगी थी, अन्यथा वह उसपर लेट कर इन्द्रियों के माध्यम से शान्ति का न केवल अनुभव ही करतीं, वरन उसे आसन्न भोगतीं।

पत्थर की बेंच पर बैठते हुए बोलीं–

—मृत्यु क्या है? वास्तविकता या निरी कल्पना?

—वह केवल क्षण है।

—तब तो उसे अनुभव से बाँधा जा सकता है?

—नहीं, वह तो मात्र एक निक्षेप है जिसमें से होकर गुजरना होता है, बस!

—तब वास्तविकता क्या है?

—भोग।

—और कल्पना?

—सम्भावना।

—किस चीज की?

—अपने को छलने की।

और वह हँसते हुए बोलीं–

—मुझे तुम्हारी बातें सुनकर वाइल्ड के लार्ड हेनरी की याद आ रही है।

—कितनी ही चेष्टा करें, श्रीमती शेला! हम अपने से अन्य नहीं हो सकते। हमें स्व ही बने रहना है।

एक चिमगादड़ बहुत नीचे से होकर अभी-अभी घबराती निकल गयी थी। दिन का साम्राज्य नहीं अनुभव होता, पर अँधेरा बिलकुल डिक्टेटर की भाँति लगता है।

—जानते हो मुझे कौन-सी चीज खलती रहती है?

—मेरा खयाल है फारेन कास्मेटिक्स का न मिलना तो नहीं ही।

उनके मुँह में तारे भर उठे।

—मुझे खुशी है कि दिल्ली के जीवन पर तुम्हारी पकड़ अब खासी होती जा रही है। लेकिन मैं तो कुछ दूसरी ही बात कहने जा रही थी।

—देन आइ ऐम सॉरी।

—डिकेन्स से लेकर सार्त्र तक पढ़ते हुए कोई बात स्ट्राइक की कि हमारे साहित्य में क्या कमी है?

—यही कि जब हमारी कृषि, खाद्य, वस्त्र, प्रसाधन आदि के लिए पश्चिम रेडीमेड माल भेज सकता है तो क्यों नहीं साहित्य और कला का भी कच्चा माल भेजता, ताकि हमें सिर्फ एसेम्बल करने का ही काम रह जाता।...वैसे होने तो अब लगा है।

और मैं जानता हूँ कि मैं हँस दिया था।

—मजाक छोड़ो समीर! क्या यह गहरा प्रश्न नहीं है? मुझे बराबर लगता है कि हमारे सामाजिक गठन तथा चरित्रों में ही दोष है। वी हैव राइटर्स, आल राइट! बट नो कैरेक्टर्स!! मैं नहीं समझती कि हमारे यहाँ शेक्सपीयर, डिकेन्स, टाल्स्टाय या फ्लाबेर नहीं हैं या नहीं हो सकते।

—आपका मतलब लूसी मेनेट, अन्नाकेरेनिना, नटाशा, बावेरी नहीं हैं हमारे सामाज में, है न?

—एक्जेक्टूली। जब चरित्र नहीं होंगे तो तुम क्या लिखोगे? मुझे बताओ दिल्ली की सड़कों को किसी एलीसा की आँखों ने देखा? कभी किसी झरने ने आफीलिया को अपने एकान्त जल में प्रवाहित किया? तुम्हीं बताओ अगर शेक्सपीरियन ट्रैजेडी मुझमें घटित नहीं होती तो कोई क्या लिखेगा? कहाँ है आफीलिया? तुर्गनेव की लीसा कहाँ है? निकोलस की तरह किसी ने भी वसन्त के सूनेपन को अपने चारों ओर फैले देखा है? रूसी बरफीली हिमाँधियों में यहाँ के किसी भी व्यक्ति ने निकोलस की भाँति भिक्षुणी बनी अपनी लीसा के लिए मठ की यात्रा की है? मैं कहती हूँ पहले आफीलिया दो, लीसा दो, एलीसा बनकर दर्द की एक तेज रेखा की भाँति बीत जाओ और तब लेखकों से शेक्सपीयर, तुर्गनेव, चेखव, आन्द्रेजीद की माँग करो। गिव देम आफीलिया ऐण्ड दे विल गिव यू शेक्सपीयर इन रिटर्न!!

लान के सिरे पर की जलती बत्ती ही हम लोगों के अलावा वहाँ उपस्थित लग रही थी। वह बोले चली जा रही थीं। मैंने स्वयं इस प्रकार की थोड़ी-बहुत बातें श्रीमती शेला से ही सुन रखी थीं तथा शिशिर ने काफी कुछ बता रखा था कि कला और साहित्य में पुनर्जागरण, नयी चेतना के लिए यह आवश्यक मानती हैं कि जिस प्रकार लेखक अपने लिए प्रिय लेखक चुनते हैं उसी प्रकार व्यक्तियों को चाहिए कि वे अपने अनुकूल पात्रों, चरित्रों को खोज निकालें और उसी प्रकार समर्पित हो जाएँ।

एक टूटी मेहराब में चतुर्थी का चन्द्रमा बड़ा ही सायास लग रहा था। किसी मध्यकालीन ऐतिहासिक नाटकीय परदे की तरह वह चन्द्रमा और मेहराब लग रहे थे। दो-चार तारे अवश्य इस अवांछित नाटकीयता को अनुभव कर रहे थे, इसलिए वे सहज दूरी बनाये हुए थे।

—समीर! जब डिगनिटी के साथ कोई चरित्र समाप्त होता है या कर दिया जाता है तो लगता है जैसे अनेक जन्मों की यात्रा हो गयी हो।...तिष्यरक्षिता को अशोक जला देने के लिए ले जा रहे हैं। पौष का एक सवेरा, गंगा का रेतीला विस्तार और अनन्त-अनन्त मगध जनता खड़ी हुई राजमहिषी का दहन देख रही है...संघमित्रा काषाय पहने किसी महत् में समर्पित हो जाने के लिए पोत का पाल थामे अथाह जल-राशि देख रही होती है—कैसा वैराग्य देह में आ बसता है...मेरी अन्तोनिएत को वध-स्थल के लिए ले जाया जा रहा है। उसकी काली भूषा कुहरे में कैसी मिल गयी है! वह जान रही है कि वह अन्तिम बार के लिए चल रही है, लेकिन कैसी राजसी गरिमा है...एक असंग दर्प!!...जानते हो समीर! इस सबसे लगता है कि ऐसा व्यक्ति न केवल स्वयं अमर हो जाता है बल्कि उस साहित्य को भी अमरत्व दे जाता है।

प्रगाढ़ अँधेरे में यह एक सुविधा होती है कि हम सहज ही अपने को प्रशस्त कर सकें। सम्भवतः श्रीमती शेला भी इस समय यही कर रही थीं। शिशिर जब पूरी तरह आधुनिक नहीं हुआ था और 'जे. जे. स्कूल आफ आर्ट' से ताजा-ताजा ही दिल्ली आया था, तब उसने एक चित्र बनाया था जिसमें सिर्फ सीढ़ियाँ थीं और उस पर से उतरते दो उजले पैर बने थे तथा मोनोलिसियन ढंग से एक हाथ बना था जिसने घुटनों के पास साड़ी का पल्ला ऐसे थाम रखा था जैसे एक साथ ही एक लहर, एक फूल और एक स्वर थाम रखा हो। मैं आरम्भ में उस चित्र का सन्दर्भ नहीं जानता था, पर वह चित्र मुझे बहुत प्रिय था। मैं उसका आभारी हूँ कि उसने वह चित्र मुझे भेंट भी कर दिया। आज जब कि सारे सन्दर्भ जानता हूँ तो मुझे शिशिर की वह हँसी तथा मजाक याद आता है कि 'समीर! इस चित्र की विशेषता यह है कि जिस कोण से यह हाथ साड़ी का पल्ला थामे है उसे ओरीजिनल से नाप कर बनाया गया है।...' मैं जानता हूँ कि श्रीमती शेला जब कभी 'बैंगर्स', 'स्टैण्डर्ड', 'आल्प्स' या घर की सीढ़ियाँ चढ़ती-उतरती हैं तो ठीक यही कोण बनता है। किसी भी स्थिति में इसमें कोई भूल नहीं हो सकती। उनका तर्क है (जो कि उनके मन

में रहा होगा) कि जब कला और साहित्य में 'परफेक्टनेस' की बात कही जाती है तब जीवन में क्यों नहीं? यह अपने पर अनुशासन उन्होंने लेखकों-कलाकारों के लिए किया है ताकि एक निष्णात चरित्र, निष्णात रूप में ही प्रस्तुत हो। उस मेहराब में से चन्द्रमा जाने कब टपककर गिर पड़ा, मुझे याद नहीं। वह उठते हुए बोलीं–

–समीर! प्रेम में जाने कितनी प्रेमिकाओं ने अपने प्रेमियों को बाल्कनी से झाँककर देखा होगा, लेकिन जूलियट जिस प्रकार बाल्कनी पर आती है उसे शेक्सपीयर ने सारी प्रेमिकाओं के लिए एक सार्वकालिक आदर्श बना दिया है। एक महान् चरित्र और एक महान् लेखक रोमियो-जूलिएट में ब्रिलिएण्टली समन्वित होते हैं और एक चमक पैदा होती है।

शिशिर, पता नहीं क्यों, श्रीमती शेला के विषय में बड़ा ही वैज्ञानिक भाव रखता है। उसका कहना है कि इन्हें यदि बरसों बाद भी कब्र से उठाकर 'वैंगर्स' की सीढ़ियों के तले ले जाकर खड़ा कर दिया जाय तो इनका शव भी उसी अन्दाज में सीढ़ियाँ चढ़ने लगेगा तथा बायें घुटने के पास हाथ से साड़ी पकड़ने के लिए वही कोण बनाएगा तथा दाहिना हाथ किसी का काल्पनिक हाथ या रेलिंग थामने के लिए वैसे ही उठा हुआ होगा। यह जीवन भर इसी मुद्रा में अहोरात्र सीढ़ियाँ चढ़-उतर सकती हैं और किसी भी औपचारिकता में कोई अन्तर नहीं होगा। इनका खयाल है कि इनकी साड़ी के पल्ले से हवा नहीं हिलती, बल्कि साहित्य और कला में अभिव्यक्त होकर उससे शताब्दियाँ हिलने को हैं।

एक दिन हम लोग रात को नौ बजे 'आल्प्स' पहुँचे। श्रीमती शेला को ऊपर ही तथा कोने वाली टेबल पर ही बैठना प्रिय है। सीट खाली है या नहीं, यह देखने प्रायः मैं ही जाता रहा हूँ और वह जीने के पास खड़ी होकर हाल में होने वाले संगीत को सुनती रहती हैं। आज भी जब मैं ऊपर से देखकर लौटा तो वह उसी मुद्रा में खड़ी हुई गाने की धुन पर अपने पंजे से हौले-हौले ताल दे रही थीं। गिटार पर कोई धुन बज रही थी और एक एंग्लोइण्डियन लड़की गा रही थी। 'आल्प्स' में जो एक हलका अँधेरापन है, वह उन्हें काफी प्रिय है। ऊपर, नीचे से बिलकुल भिन्न है। बाँस की छत है, दीवारों पर चटाइयाँ टाँग दी गयी हैं तथा बाँस के मेचिंग लैम्प-स्टैण्ड्स हैं। प्रायः वहाँ बैठने के बारे में कहती हैं कि यहाँ उन्हें जापान का-सा लगता है। मेरा खयाल है कि दीवारों पर यदि नीले परदे लगा दिये जायँ और थोड़ी-सी कम्पन हो तो वह आसानी से सेनफ्रांसिसको के किसी सी-बीच वाले रेस्तराँ का साक्षात् अनुभव कर सकती हैं।

जीना चढ़ते हुए बोलीं–

–शी हैज ए मेटेलिक वायस।

और बहुत धीमे सीटी की सीत्कारी छोड़ते हुए काफी प्रसन्न लग रही थीं। अपनी ही पदाहट, अपने ही रेशमी परिधान की खसर-पसर तथा आदि से अन्त तक अपने ही को वहन करने के भाव का एक ऐसा सुख होता है, उसमें एक ऐसी तृप्ति होती है जो दूसरे किसी को भी नगण्य कर देती है। ऊपर घुसते ही सामने की टेबल पर जो दम्पती बैठा हुआ था, वह श्रीमती शेला के सामने से निकल जाने मात्र से विगत लगने लगा। मैंने केवल औपचारिकता निभाने के लिए कहा—

—क्या आप मेरी कोई भेंट स्वीकार करेंगी?

—विदाउट एनी ऑफीशियल सेरेमनी?

और वह हँस पड़ीं। कई बार वह अपने ही पर हँस पड़ती थीं। मैंने उन्हें 'नेस्ट आफ द जेण्ट्री' के अनुवाद की एक प्रति भेंट की।

—यह तुमने इस पर क्या लिख दिया? तुम्हें मालूम होना चाहिए समीर! टु मी, नथिंग इज पर्सनल बट आर्ट। व्यक्तित्व से परे जाने पर ही कला की उपलब्धि होती है। मैंने अपना सारा विगत बड़े ही एकान्त में दफना दिया है समीर! क्योंकि वह व्यक्तिगत था। आइ ऐम नाउ इन केपीटल लेटर्स ऐण्ड नाट इन इनिशियल्स। मैं आशा करती हूँ कि यह अनुवाद अच्छा हुआ होगा।

मुझे हलका आभास था कि इनका दाम्पत्य जीवन अधिकतर पुरातत्त्व ही है और वह भी ऐसा कि जब मैं मिला, तब भी प्रागैतिहासिक नहीं तो पुरातन तो हो ही चुका था। ऐसी स्थिति में भला मैं क्या कह सकता हूँ? बड़ी-बड़ी इमारतों को जिस प्रकार पहले, नीचे के गहरे अँधेरों में जाना पड़ता है, सम्भव है कि व्यक्तित्व और इमारतों को अपनी विशालता के लिए पहले नीचे जाना जरूरी हो, लेकिन मैं इस बारे में कोई निश्चित बात नहीं कह सकता हूँ।

खाना लगभग समाप्त हो चुका था। नेपकिन से मुँह छुलाते हुए वह बोलीं—

—समीर! अपनी व्यक्तिवादिता को इतने अनुत्सवी ढंग से खो देने का मुझे कोई असन्तोष नहीं है, क्योंकि जिस प्रकार लेखक मोह नहीं करता, उसी प्रकार चरित्र को भी कला के परिप्रेक्ष्य में मोह नहीं करना चाहिए। हम प्रत्येक क्षण बोल कर, हाथ हिलाकर, दृष्टि-निक्षेप करं एक सृष्टि रच रहे होते हैं। मोह हमें मीडियाकर बनाता है। क्या एलिसा ने, मेरी अन्तोनिएत ने, तिष्यरक्षिता ने मोह किया? द कैरेक्टर्स टू कैन नाट अफोर्ड इट।

और उन्होंने बाउल के गुनगुने जल में उँगलियाँ डुबायीं तथा नेपकिन से नाखूनों को पालिश करने के ढंग पर पोंछते हुए एक गहरी साँस छोड़ते हुए कहा—

—तो, समीर! यह है एक सम्पूर्ण दिन की परिसमाप्ति। आज का यह दिन किसी अनलिखे उपन्यास के एक पृष्ठ-सा हमने दिन-भर जिया और अब हम उसकी अन्तिम पंक्तियों पर हैं।

फिर नाखूनों को देखते हुए बोलीं—

—पता नहीं, कौन इसे कब लिखेगा, पर मैं आशा करती हूँ कि वह लेखक सब कुछ लिखते समय यह लिखना न भूल जाय कि बाउल का पानी जैसा गरम होना चाहिए था वैसा नहीं था, बट देयर वाज नथिंग रांग विद द नेपकिन।

और इस बार वह खूब खुलकर हँस दीं। मैं इस हँसी का मतलब अपने चारों ओर बिना देखे भी बता सकता हूँ कि श्रीमती शेला अब बिलकुल अकेली हैं। हँसी का खुलापन ही किसी का न होना होता है। केवल नीचे से वायलिन का थरथराता काँपता अकेला स्वर आ रहा था, जिसे श्रीमती शेला आँखों से सुन रही थीं।

जैसे ही अटेण्डडेण्ट ने मेन-गेट खोलकर सलाम किया, तो लगा कि श्रीमती शेला कब पुस्तकों से निकलकर सड़क पर चलने लगती हैं और कब उसी सुनहरी अक्षरों वाली जिल्द में वापस पहुँच जाती हैं, पता नहीं चलता।

इसके बाद गरमियों में वह शिमला चली गयीं। मैं गत कई दिनों से एक उपन्यास लिखने की सोच रहा था, केवल इसलिए कि जो मैं कहना चाहता हूँ वह कह पाता हूँ कि नहीं। घर में हफ्तों से बन्द था। वैसे भी गरमियों में दिल्ली विधवा हो जाती है। दिल्ली की मुलायम आत्माएँ या तो किसी डेलीगेशन में विदेश चली जाती हैं अन्यथा कश्मीर-शिमला। उसकी लोथ में रेंगते कीड़ों की तरह हम आप-जैसे लोग ही पीछे रह जाते हैं। और सच बात तो यह थी कि मैं क्या लिखना चाहता हूँ, यह मैं स्वयं से ही छिपाना चाह रहा था; तब भला शिशिर को ही क्या बताता? जब परसों चिलचिलाती धूप में मेरे बाबर-लेन वाले कमरे पर वह आया और बातों ही बातों जब मेरे मुँह से उसने उपन्यास की चर्चा सुनी तो सुनाने की जिद करने लगा।

—लेकिन शिशिर! जिस दिन भी सुना सकने की स्थिति में रहूँगा, जरूर सुनाऊँगा! बस, आज नहीं।

—क्यों? आज क्यों नहीं?

—इसलिए कि उससे मुझे अभी बिलकुल भी सन्तोष नहीं है।

—किसी भी जेनुइन कलाकार को अपनी रचना से सन्तोष नहीं होता।

—नहीं, यह बात नहीं है शिशिर! असल—मतलब यह कि कैरेक्टर इज मच बिगर, रादर ग्रेट, दैन माइसेल्फ। समझे न? चरित्र के स्फिंक्स के सामने मैं बौना हो गया हूँ।

—मैं समझता हूँ कि वह चरित्र श्रीमती शेला हैं।

—सम्भव है।

—तब तुम मूर्ख हो।

—मुझे इसमें कोई आपत्ति नहीं है।

—समीर! यू डॉण्ट नो ईवन ए. बी. सी. आफ श्रीमती शेला। वह कल क्या

करेंगी, इसके बारे में कोई भविष्यवाणी नहीं की जा सकती और तुम उन्हें एक कथानक में बाँधना चाहते हो?

शी इज नाट ए लैण्डस्लाइड बट एवलांश!!

मैं आपसे सच बताऊँ कि शिशिर ने श्रीमती शेला को एवलांश अर्थात् एक बड़े भारी हिमखण्ड के पतन की संज्ञा क्यों दी, इसे मैं नहीं जानता। मैं इसका विरोध करना चाहता था कि तभी बाहर से डाकिये की घण्टी सुनाई दी और आवाज भी—'डाक ले जाइए, साऽब!' और अत्यन्त परिचित लम्बे, पतले-नीले लिफाफे को देखकर, जिस पर एक बड़ा-सा रोमन 'एस' एम्बास्ड हुआ करता है, मन में खासी प्रसन्नता हुई कि शिशिर इस पत्र को देखेगा तो मन में निश्चय ही ईर्ष्या अनुभव करेगा, क्योंकि गत दो माह में शिमला से उन्होंने किसी को कोई पत्र नहीं लिखा था जब कि मुझे वह पाँच पत्र लिख चुकी थीं।

—किसका पत्र है?

—पहचानो।

मैंने अपना महत्त्व बढ़ाने के खयाल से पत्र बड़ी लापरवाही से शिशिर के सामने फेंक दिया।

—तुम्हें श्रीमती शेला पत्र लिखती हैं?

मैंने गाव तकिये पर दोनों घुटने टिका पत्र खोला। पत्र उनके हाथ का लिखा न होकर साइक्लोस्टाइल्ड था। मैं चौंका!!—

—मित्रो।

कल तक बादल थे, बर्फ थी लेकिन आज खूब खुल आया है। मछली की आँख-सा आकाश, नीली छतरी-सा सवेरे से तना हुआ है। इक्का-दुक्का कुहरा तलहटियों के देवदारों में लौटा जा.रहा है। सामने की बर्फीली पर्वतमाला एक लम्बे ईजल की तरह खड़ी हुई है। आइ विश सम वन कुड पेण्ड आन इट। हवा में तीखापन है, फिर भी खरगोश के बालों-सी बड़ी प्यारी नरम गुनगुनी धूप है। मैं कितना चाहती रही कि तुम सब यहाँ होते और ऐसे ही एक दिन का अनुभव कर सकते।

निर्णय के बाद मन बड़ा हलका हो जाता है, कहना चाहिए बड़ा सुख आ बसता है। घोड़ेवालों और कुलियों से अपनी यात्रा के बारे में बातें कर पेशगी भी दे चुकी हूँ। मुझे आशा है कि कल भी ऐसा ही प्यारा-सा दिन होगा।...मैंने तुम सबके पते दे दिये हैं। कल जब मैं चली जाऊँगी, उसके तीन दिन बाद यह पत्र प्रेषित कर दिया जाएगा।...मैं जानती हूँ कि शिशिर सीढ़ियों के मेरे चढ़ने-उतरने को और अधिक प्रतीकमय बनाना चाहता है। रामकुमार मेरी आँखों में कौड़ियों का उदास

भाव खोजता है। गुजराल को मेरे चरित्र में गुफाएँ ही दिखती हैं और समीर मेरे चरित्र की सदी की खोज में है...मैं जानती हूँ मित्रो! इस पत्र से तुम सब उदास हो गये हो–पर कहती न थी कि चाहे-अनचाहे हम सब पात्र हैं, चरित्र हैं; और बिना किसी कथानक के कोई पात्र आज तक रहा है? और प्रत्येक कथानक का एक समापन होता है!...बरसों से मैं अपना कथानक नहीं बल्कि समापन खोज रही थी। वह 'पैलेस-हाइट्स' या 'मेट्रो' के लेट-नाइट डांसेज देखते हुए किसी भी अँधेरे कोने में हो सकता था। कुहरे-डूबा या शेम्पेनभीगा कोई एक वीरान क्षण हो सकता था, लेकिन वह अन्त होता, समापन नहीं! समापन में सदा यह लगता है–दैट एन एलीमेण्ट हैज रिटर्ण्ड बैक टू द कासमस...और, और इसके चले जाने से एक ऐसा अथाह शून्य उभर आता है जिसे रंग-रेखा दो, शब्द दो, पर शताब्दियों तक वह व्यक्त नहीं हो पाता है!

रोज इस खिड़की से निर्दोष धवल बर्फ देखकर लालच लगता कि इस पर बस चलते चला जाए। बर्फ पुकारती है...रोज पुकारती है और अब लगता है कि यही है समापन की वह पुकार...मुझे विश्वास है कि इस बर्फ और हिमाँधियों के पार एक मठ जरूर है। एक ऐसा एकान्त है जहाँ सदियों से एक शब्द नहीं बोला गया है–अनेक भिक्षु-भिक्षुणी शताब्दियों से मौन बैठे हुए हैं–वही पुकार बर्फ पर चलती हुई रोज मेरी इस खिड़की तक आती है...उसे सुन लेने के बाद अन्य सुनना नहीं होता...प्लीज, टेक इट ईजी...आइ नो, आई नो...बट टेक इट ईजी...नथिंग मैटर्स, बट डिगनिटी...इट इज द डेथ आर से एण्ड, ह्विच मेक्स लाइफ डिग्नीफाइड आर गिव्ज परफेक्शन टू द आर्ट–लेकिन मित्रो! कम-से-कम 'काटेज एम्पोरियम' के शो-केस में लगी साड़ी की स्मृति में मुझे याद न करना...मैं जानती हूँ कि एक कप कॉफी–और एक जिन्दगी में एक कप कॉफी ही अधिक महत्त्वपूर्ण है–'वुमन ऐण्ड-होम' वालों से कह देना कि इण्टरव्यू दे सकना सम्भव नहीं हुआ–मैं समझती हूँ इतने लम्बे पत्र के बाद आइ डू डिजर्व ए कप आफ टी एटलीस्ट...अच्छा, बाई, बाई!

तुम्हारी
(श्रीमती) शेला

मैं नहीं जानता कि इस पत्र के बाद कुछ कह सकूँगा, क्योंकि शिशिर हठात् उठकर चला गया है। मैं भी अब आपको ज्यादा नहीं रोकूँगा, क्योंकि मुझे शिमला जाना चाहिए। वैसे कह नहीं सकता कि जाऊँ ही, पर अब आप जा सकते हैं।

वर्षाभीगी

अभी-अभी बस पानी थमा ही है और अभी-अभी कानन उसके होटल के कमरे से अस्वीकृता लौटी है। कानन ने इसे तिरस्कार समझा, लेकिन स्वयं उसने क्या समझा, यह वह भी नहीं जानता। अभी तो कुरसी की गीली गद्दी की सलवटें तक यथावत् हैं।

साँझ बहुत पूर्व ही हो चुकी थी, बल्कि कहना चाहिए कि कानन आयी ही थी मुँहअँधेरे में। उस समय वह बुखार में तपता चुपचाप लेटा हुआ था। नौकर बहुत पहले दूध रख गया था और तब से वह उदास नीली छत ताकता सोचता रहा था। सभी तरह की बातें थीं। घर से सैकड़ों मील दूर तबादले पर फेंक दिया गया था। प्रायः शाम को होटल की छत पर खड़े होकर सामने की टेकरी, किला, मैदान, मैदान में खेलते बच्चे, पड़ोस के मराठी वकील की लड़की...और, और भी बहुत-कुछ देखता रहता था।

आज भी बुखार में वह लखनऊ-प्रयाग के बारे में सोचता रहा। कल्याणी घिरती और एक आह जैसे खिंच उठती। जाने कितने मुख घिरते, लेकिन एक ऐसा सहसा आ जाता कि जिसे वह बरबस हटा देना चाहता, और वह था कानन का मुख। कभी-कभी किसी के बारे में सोचना निरापद नहीं होता। ऐसा ही उसके साथ भी हुआ था। कानन में कोई दोष था, यह भी नहीं। वह सुन्दरी ही कही जा सकती थी। अच्छा गा लेती थी। लेकिन कैसे दोनों में प्रगाढ़ आया, यह वह नहीं जानता, क्योंकि अपनी ओर से तो वह सतर्क ही था। कानन के चले जाने के बाद तपते सिर में उसे लिये वह यही सोचता रहा कि जब कभी कानन से वह मिला, सदा संयत और संश्लिष्ट ही रहा है। कारण कि कल्याणी के प्रति दुबारा धोखा करना होता। एक बार कल्याणी उसके बारे में विषम सोच चुकी थी। अब और की वह कल्पना भी नहीं कर सकता था। तभी तो उस दिन कानन के जन्मदिन की पार्टी में पूरे समय वह दूसरों की भाँति सहज एवं साधारण बनने के प्रयास में भीड़ में

खो जाता रहा। लेकिन जब कानन का भाई उसे बुलाने आया तो उसे उलझन ही हुई थी।

कानन उसके सामने लाल कनेर बनी मौन आ खड़ी हुई। तो!!–उसे क्या कहना है? वह तो पार्टी में आमन्त्रित था और सब गवाह हैं कि वह पार्टी में था। कानन ऐसे लाल कनेर बनी, मौन-सी खड़ी उस पर क्या अभिव्यक्त करना चाहती रही, यह वह नहीं समझ सका। वह क्या कहे? बुलाया कानन ने है, न कि उसने। तब वही कहे।

...बैठिएगा नहीं?

...हाँ, बैठें।

और बिना कानन की प्रतीक्षा किये वह बैठ गया। वह वैसे ही खड़ी रही। उसने देखा कि कानन जूड़े में सोने का फूल लगाये है। उसने पहले कभी सोचा ही नहीं था कि वह इतनी बड़ी है। बस, सिर ढँकने की देरी ही रह गयी थी उसके नारी होने में। कहीं वह सिहर उठा। अपने पर नहीं, परिस्थिति पर। ऐसे एकान्त में इस तरह मौन खड़े या बैठे रहना...अनजाने ही रहस्य लगने लगता है। स्वयं को भी।

–क्या आप मुझे बधाई भी नहीं दे सकते आज के दिन?...

और सच, कितनी आत्मग्लानि हुई कि इतनी मोटी बात भी उसकी समझ में पहले नहीं आयी।

–तुम बधाई से ऊपर हो।

–क्यों?

वह समझा था कि कानन 'बधाई से ऊपर' सुनकर प्रसन्न हो जाएगी और बात शेष हो रहेगी। लेकिन अब इस 'क्यों' का वह क्या उत्तर दे? क्योंकि उत्तर देना, सामने वाले को प्रश्नों के लिए आमन्त्रण देना है। और वह ऐसे किसी झंझट में ज्यादा देर या दूर तक नहीं जाना चाहता था।

–इसलिए कि सभी ने बधाई तो दी ही होगी और अब तक वह तुम्हारे निकट साधारण हो गयी होगी।

–तब क्या असाधारण देने को है?

उसे अपनी वाक्-चतुराई पर सन्देह होने लगा। कहाँ वह साधारण शिष्टाचार के लिए ही तैयार नहीं था, तब भला कानन कौन-सा असाधारण चाहती है? लेकिन कानन चाहती है–यह कहना उसके प्रति ज्यादती होगी, कारण कि स्वयं उसके वाक्य में कानन की माँग की ध्वनि थी कि जैसे अभी वह जेब से कोई असाधारण निकाल कर कानन को देने ही वाला है। तब भला कानन का ऐसे माँगना क्या सहज नहीं है?

–मैं किसी दिन कानन को कुछ दे सकूँ तो वह मेरा सौभाग्य होगा।

–आपका जिसमें सौभाग्य हो, उसकी प्रतीक्षा तो करनी ही होगी। छोटी-सी

बात के प्रति भी अगर कोई गम्भीर हो जाता है तो ठण्डा पसीना आने लगता है न? कानन कितनी गम्भीर है। उस एकान्त में वह और उभर आयी थी, जैसे अकेली गन्ध हो। साड़ी उसे सम्पूर्ण किये थी। अपनी ही बात को वह आँखों में पुतलियाँ चलाते सन्तुष्ट दुहरा रही थी। आँखों से अधिक बोलते हुए बोली–

–मेरी प्रतीक्षा याद रहेगी?

–इतना बड़ा दाय न सौंपो, कानन!

–दाय तो मैं लिये ले रही हूँ, आपको तो समय सौंप रही हूँ। और बिना किसी अन्य बात या स्थिति की प्रतीक्षा किये ऐसे चली गयी जैसे अग्नि छू ली हो।

रास्ते-भर वह विचारों में कानन को समझाता रहा कि यह सब नादानी है। सस्ते उपन्यास और फिल्मों का प्रभाव अनायास हो जाता है और हम सामनेवाले की पात्रता देखे बिना ही 'दाय' और 'प्रतीक्षा'-जैसे भारी-भारी शब्द बोलकर अपने को छलते हैं। लेकिन होटल पहुँचने तक उसे लगा कि वह नहीं समझा सका है। उस रात वह सो नहीं सका–यह कहना तो भूल होगी, लेकिन बीच-बीच में जागता रहा था का प्रमाण यह था कि कागज पर उसने विभिन्न शकलें बनायी थीं।

उसके बाद वह भले ही कम गया हो लेकिन कानन, अमालिन्य भाव से प्रायः मिली है। एक दिन पोस्ट-ऑफिस में वह एक रजिस्ट्री कर रहा था तो 'क्यू' में आकर पीछे खड़ी हँसती रही। पोस्ट-ऑफिस के बाद वह उसे लेकर नहर वाली सड़क पर मात्र सौजन्यवश ही गया था। वहाँ किनारे की एक बेंच पर बड़े थकन के भाव से बैठते हुए बोली–

–आपको तो इतना भी सौजन्य नहीं आता कि जब इतनी दूर चलाकर इसे लाये हैं, तो कहीं बैठने के लिए ही कह दिया जाय।

–हाँ, जगह तो अच्छी है।

और वह भी बैठ गया। नहर में पानी नहीं था। खाली हथेली-सी नहर खिंची थी। बिल्लौरी साँझ थी। नहर आगे जाकर बाँसों के एक झुरमुट में विलीन हो जाती थी। साँझ जैसे अनचक्के ही हो गयी थी, इसलिए ऐसे मौन से बधिर थे कि दूर के क्षीण शब्द तक उन तक आ रहे थे।

–आपको यहाँ बैठना नहीं सुहाया न?

–नहीं तो ! कितना अच्छा है?

–क्या? खाली नहर?

और कानन हँस पड़ी। वह निरुत्तर किये दे रही थी। इस हँसी के बाद तो कोई भी उत्तर मिथ्या ही होता।

–एक बात पूछूँ?

—पूछना चाहो तो जरूर पूछो।

—और न पूछना चाहूँ तो आप आग्रह भी नहीं करेंगे, है न?

—क्या तुम ऐसा मानती हो?

—मानती होती तो पूछती क्यों?

—लेकिन इस समय तो तुम कुछ दूसरी बात पूछना चाह रही थी।

—इतनी अवमानना के बाद भी क्या पूछना हो सकता है?

—मैंने तो अभी कोई अवमानना नहीं की।

—अच्छा जाने दो। मान लो पूछूँ कि इस समय यदि मेरा सिर दुख रहा हो तो क्या आप दाबेंगे?

—मैं जानता हूँ कि तुम्हारा सिर नहीं दुख रहा है।

—इसीलिए तो मान लो कहा।

—भला ऐसी बात क्यों सोचूँगा?

कुछ देर के मौन के बाद हठात् हाथ की कंकड़ी नहर में मारते हुए वह बोली और उठी भी—

—लेकिन आप वास्तविकता का सामना क्यों नहीं करना चाहते?

—कौन-सी वास्तविकता?

—यही कि मैं हूँ, आप हैं और इसकी परिणति....

इसके बाद :

अभी-अभी वह लौटकर गयी है। गत दिनों वह बुखार में रहा है। कानन की प्रतीक्षा थी तो, लेकिन वह चाहता नहीं था। वैसे आज के पूर्व वह कभी उसके होटल के कमरे पर नहीं आयी थी। सवेरे क्या, तीसरे पहर तक आकाश साफ था। लेकिन उसके बाद जाने कहाँ से बादल आये और मूसलाधार बरसे भी। खुले दरवाजे से कमरे में बौछारें भी आती रहीं। कभी कोई बौछार हवा के झोंके में उसे भी छू जाती। तपती देह सिहर उठती। वह सोचता ही रहा कि दरवाजा उढ़का ही दिया जाय, लेकिन छत पर टपकती बूँदों की आवाज सुनते उस भीगे मुँह-अँधेरे में खोया हुआ था। और तभी छत पर जूतों की खट्-खट् सुनाई दी। 'कौन हो सकता है' का खयाल अभी पूरा भी नहीं हुआ था कि कानन आकण्ठ भीगी, गीली साड़ी में द्वार पर खड़ी थी। अविश्वास का कोई कारण भी अब नहीं था।

—तुम?

तकिये के सहारे उठने को वह चेष्टित हुआ। उसे उठने से बरजते हुए बोली—

—हाँ, लेकिन बुखार में बौछार से भीगना दवा है, इसका किस डॉक्टर ने आविष्कार किया है?

—भीगते हुए मैं तो तुम्हारी प्रतीक्षा कर रहा था।

—सच!! तो फिर?

वह हुमस उठी। लेकिन उसने तो अपनी बात वातावरण को हलका बनाने के लिए कही थी; मगर कानन के निकट वह गम्भीर हो जाएगी—यह भी उसे मालूम होना चाहिए था।

कानन ने निस्संकोच, प्रसन्न-मन उसका सिर तकिये पर टिका एक कुरसी खींचते हुए कहा—

—लेकिन प्रतीक्षा करने के लिए तो मैंने कहा था।

—वो तो है, लेकिन...तुम इस तरह भीगी...

यह कहकर उसने अपना और कानन—दोनों का ध्यान कानन की भीगी देह की ओर दिला दिया। चिकन की साड़ी भीगकर लिपट गयी थी, ब्लाउज भी भीगकर वैसा ही हो रहा था। कानन को अब अपने को ढँकना अनिवार्य लग रहा था। अब तक जो निस्संकोच था वह अनकहेपन का था, लेकिन कहकर कह देने वाला व्यक्ति भीगी साड़ी की भाँति निकट आ चुका था। और बिना पूर्ण स्वीकृता हुए उसे देह या देहाभास से दूर तो रखना ही होगा। लेकिन एक पुरुष के कमरे में ऐसी विषमता में वह अवश हो रही थी।

—तो? अब क्या हो?

स्पष्ट था कि उसे एक साड़ी चाहिए थी।

—लेकिन तुम्हें ऐसे पानी में नहीं आना चाहिए था। अच्छा, बैठो।

और वह जड़ बनी, जितना सम्भव था उतना सिमटकर बैठ गयी। वह बैठना कदापि नहीं कहा जा सकता था। घिरता अँधेरा सब-कुछ अस्पष्ट करने की चेष्टा में था। छत पर बूँदों में बुलबुले भी उठ रहे थे। वह जान रहा था कि उसकी इस बात से कानन के उत्साह पर पानी फिर गया था।

पानी थमने लगा था। मौन रीतेपन को बूँदें भरती रहीं।

—तुम नाराज हो गयी न कानन?

—नहीं तो। अच्छा, अब चलूँ।

—क्यों ? बैठो!

—अब यहाँ नहीं। जिस सर्वस्व को लेकर आयी थी, उसके लिए अपने घर भीगते हुए प्रतीक्षा करनी होगी।

उसने जाते हुए सुना था।

कानन जहाँ छू गयी थी, माथे को वहाँ से दाबे वह सोच रहा था... एक वर्षाभीगी पदाहट आयी थी लेकिन लौट क्यों गयी पुनः उसी वर्षा में?

श्रीमती मास्टन

नकुल ने मोनिका के बासे पर फोन किया। फोन मकान-मालकिन श्रीमती मास्टन ने उठाया। वह जानता ही था कि मोनिका ऑफिस से चार बजे ही लौटती है, इसलिए श्रीमती मास्टन की सूचना कोई अप्रत्याशित नहीं थी।

पतझर का आरम्भ था। इस वर्ष पेड़ों ने पत्ते गिराने में बड़ी उतावली की थी। और बरस यह सब पतझर की समाप्ति पर हुआ करता था। धूप भी हेठी नहीं थी, बल्कि बड़ी ही कही जाएगी। रास्ते के मकानों की ताजी सूखती बड़ियों की गन्ध से गृहिणियों के सौन्दर्य का अनुमान लगाता साढ़े-चार बजे के लगभग वह मोनिका के बासे के बाहरी फाटक की 'कुत्ते से सावधान' वाली प्लेट बाँचता असमंजस में खड़ा था। इकहरा पुराना बँगला नीले थूथे से रँगा हुआ था। उसकी अकेली फ्रेंच खिड़की के शीशे के पल्ले उदास बन्द थे, जिनमें बाहरी दृश्य टूटा-टूटा-सा व्यर्थ प्रतिबिम्बित था। दूर कोने में खड़ा अकेला यूकेलिप्टिस 'वेदर-काक' की तरह हवा के रुख में हिल रहा था। चारों ओर काफी जमीन थी, लेकिन दूब के अलावा कुछ भी हरा नहीं था।

नकुल की असमंजसता को सुनसान बरामदे से एक बुड्ढे कुत्ते ने भौंक कर दूर किया। आँखों में कीचड़ तथा पानी लिये कुत्ता, मात्र कर्तव्य निभा रहा था। इस प्रकार का भौंकना शायद गृह-स्वामी के लिए आगन्तुक की सूचना हुआ करती होगी, तभी तो मौसमी फूलों के गमलों के पीछे से हाथ में जंजीर लिये एक वृद्धा दीखी। सम्भवतः श्रीमती मास्टन थीं। वर्स्टेड का स्कर्ट तथा सस्ती फलालेन का बूटी वाला पोलका पहने थीं। गोरी-नंगी टाँगों में छोटी लाल बुँदकियाँ थीं। आँखें–जल में रखीं तिर रही थीं। उस मुख में अब लकीरें ही अधिक थीं, मुख कम ही रह गया था। कानों में दो उदास नीले टाप्स देह के अंग से लग रहे थे। आयु के अनुरूप उस मुख में न अतिरिक्त करुणा ही थी, न पराजय। कुत्ता और श्रीमती मास्टन दोनों ही

जिज्ञांसु भाव से देख रहे थे, एक बूढ़ी जिज्ञासा के साथ।

—क्या मिस मोनिका हैं?

—ओऽऽह, आप ही मिस्टर नकुल हैं? भीतर आना सकता है।

और कुत्ते तथा वृद्धा ने आगे चलते हुए औपचारिक स्वागत किया।

छत पुरानी, फर्श नया, शिल्प के मिश्रित अँधेरेवाले ड्राइंग रूम में उसे बैठाल वे दोनों चले गये। बड़ा सन्नाटे वाला निर्जन था। बाहर जितना ही खुलापन था, भीतर उतना ही अँधेरा जैसे समेट लिया गया था। फ्रेंच खिड़की में भीतर से भारी लाल परदे लगे थे, जहाँ काले पत्थर के क्रास पर ईसा टँगे हुए थे। पार्श्व में मोमबत्तियाँ रखी थीं।

कमरे के अँधेरेपन से दूसरी चीजों को वह थोड़ी देर बाद ही अलग करके देख सका। एडवर्ड स्टाइल का, अन्धी आँखों की तरह गहरा खोखला एक जीर्ण सोफा-सेट था, बीच की गोल टेबुल पर पीतल का एक केंकड़ा, जाने कब की 'ईव ओनली' पत्रिका पंजों में दाबे मौन था। फ्रेंच खिड़की के ऊपर दीवार में एक कटा-फटा मिस्री कालीन टँगा हुआ था, जिसमें पिरेमिड तथा ऊँट-सवार बुने हुए थे। बायें हाथ कोने में एक लम्बी तिपाई पर पवित्र माता मरियम, देव-शिशु को गोदी में सीने से सटाये जाने कब से खड़ी थीं। बेचारी देवमाता कमरे का अँधेरापन नहीं दूर कर पा रही थीं। वैसे प्रत्येक अन्धकार में एक प्रकाश होता है, लेकिन उसे आप तभी देख सकते हैं जब अन्धकार की सत्ता स्वीकार लें। नकुल बाध्य था अन्धकार की सत्ता स्वीकारने के लिए, इसीलिए क्रमशः रहस्य खुलने लगा था। दीवारों पर इंगलिश प्रकृति के मटमैले रंग के चित्र थे, जिनमें या तो गायें टेम्स का पानी पी रही थीं अथवा स्काटिश पहाड़ियों में गड़रिये भेड़ें चरा रहे थे। दो-एक बड़े पोस्टर-चित्र भी थे, जो धार्मिक थे। किसी में ईसा यरुशलम के वैद्यों के सामने अपना करिश्मा दिखा रहे थे अथवा किसी में ईसा के जन्म के समय चमकता विशिष्ट तारा चित्रित था। पश्चिमी दीवार के पास एक आराम-कुरसी तथा उसके पास एक साइड टेबुल पर बाइबिल और माला रखी थी। जरूर श्रीमती मास्टन रोमन कैथोलिक होंगी। कमरे की चीजें ही नहीं, बल्कि गन्ध तक कह रही थी कि यहाँ सब-कुछ ईसाई है। शेष वहाँ बुढ़ापा और अँधेरापन ही अधिक था। वैसे कहने को छत में टाट भी था, लेकिन उसका चूना जाने कब का झड़ चुका था। बरसाती पानी की मटमैली लकीरें दीमकों की तरह दीवारों पर रेंग रही थीं।

ड्राइंग रूम, एक पार्टीशन के द्वारा छोटा कर दिया गया था, जिसके पार श्रीमती मास्टन के वृद्ध पैरों के घिसटकर चलने की आहट आ रही थी। उस निर्जन में वृद्ध पैरों के घिसटकर चलने से जैसे आहट की एक रेखा, छोटे-छोटे शब्द-टुकड़ों में बनती है और वे टुकड़े दिन-भर यहाँ बिखरे पड़ते होंगे। बड़ी ही मनसायनहीनता लग रही थी।

—आयाऽऽ!

—जी, मेमसाहब!

—मिस्साब आया?

—अब्बी नइ जी।

—माइ गॉड!! आज किद्दर देर हो गिया?

पार्टीशन के पार से श्रीमती मास्टन के पैरों की वही आहट पीठ-पीछे से स्वगत बोलते हुए आ रही थी—

—कब्बी नइ होता उसको देरी। ए गुड गर्ल। घड़ी का जइसा पंकचुअल।

बाइबिल पर रखी माला उठाते हुए फिर बोली—

—जियादा देर वेट नइ करना पड़ेगा।—बहुत अँधेरा है न? कहते हुए स्विच की तरफ बढ़ीं, लेकिन लाइट ही नहीं थी।

—पता नइ ईस हिन्दोस्तानी राज में ईतना बिजली कियों फेल होता।

लेकिन स्पष्ट था कि इतनी सीलनवाली दीवारों पर तन्तुजाल-से फैले तारों में कैसे कनेक्शन हो सकता था। वृद्धा ने काँपते हाथों से मूर्ति के दोनों ओर रखी मोमबत्तियाँ जला दीं। अँधेरे में जैसे दो पीली तितलियाँ भूल से उड़ आयी हों। नकुल इतनी देर से चुप बैठा था, मुँह जैसे बसा गया था।

—सूर्यास्त तो हो गया होगा।

वृद्धा उसकी बात पर पेण्टिंग वाली हँसी से भर उठी। उपरान्त बोली—

—नइ, अभी नइ। हम इस मकान में आज चालीस बरस से हय, और कभी सनसेट देखना नइ भूला।

—अच्छा?

—यस माइ सन! सनसेट इस कमरे में पूजा का माफ़िक होता हय। वोऽजो वेण्टीलेटर हय न?

और नकुल एक टूटे उजालदान को देखने लगा, जिसमें अब खाली फ्रेम ही रह गयी थी।

—उहाँ से सनसेट का धूप आता हय और प्रभु को नहला जाता हय। लो देखो, सनसेट को।

और सच ही सूर्यास्त की एक धूप उस मूर्ति को सोने से नहला रही थी। श्रीमती मास्टन भाव-विभोर अपने वृद्ध कण्ठ से घुटनों पर टिकी कोई प्रार्थना गुनगुना रही थीं।

आया कमरे में लैम्प जलाकर रख गयी थी। श्रीमती मास्टन का चेहरा मन्द पीले प्रकाश में ताँबे पर खुदे किसी प्राचीन मुख-सा लग रहा था। तीखे नाक-नक्शे की,

नीली आँखों वाली वह महिला निश्चय ही कभी एंग्लो-इण्डियन सौन्दर्य रही होगी। कुहनियाँ हत्थों पर टिकाये जैसे वह कोई भजन याद करती फायर-प्लेस के पास बैठी थी।

—मिस मोनिका आपका गर्ल-फ्रेण्ड है?

—यही समझ लें।

—अगर अइसा न समझा जाए तो?

—तो फिर फ्रेण्ड मान लें।

दोनो हँस दिये, लेकिन श्रीमती मास्टन मुसकरायी अधिक थीं। जाने क्यों वह मुसकराते हुए गत वर्षों में लौटती-सी लग रही थीं, जैसे वह लौटकर रिबन वाली बालिका ही बन जाएँगी।

—भली हय, बहुत भली हय। ए स्वीट लिटिल बर्ड। अरे हाँ, आप चाय तो पिएगा न?

और वह उठने की चेष्टा करने लगीं।

—आप बैठिए, परेशान न हों।

—बुढ़ापे में पैर नहीं, आराम-कुरसी साथ देती हय।

एक गहरी साँस ले वह फिर मुसकरा दीं।

—आपका परिवार शायद आपके साथ यहाँ नहीं है?

पहले तो उसने कोई उत्तर नहीं दिया। बन्द आँखों में जैसे वह कहीं दूर थी।

—अब वह कहीं नहीं हय माइ सन!

और वह ऐसे देखने लगीं जैसे मोमबत्ती देख रही हो। नकुल को इस जगह पहुँचकर प्रश्न नहीं करना चाहिए था।

—आइ एम सॉरी मिसेज मास्टन!

—फार ह्वाट?

श्रीमती मास्टन की जल-भरी नीली आँखें ऐसी लग रही थीं जैसे पानी-भीगे खिड़की के शीशों से कहीं दूर पर दो छोटे नीले फूल दिख रहे हों। इस बार भी सन्तुलित मुसकराहट थी। कोई भी कह सकता था कि श्रीमती मास्टन ने अपने बचपन में जो बातें सीखी थीं उनमें-से चाहे अब और कुछ शेष न रहा हो, लेकिन मुसकराना अभी बिलकुल किताबी था, जिसके लिए अवसर, इच्छा या प्रयत्न का प्रश्न नहीं होता। वह बस होता है।

—हामरा और लोग इंगलैण्ड चला गिया।

—इंगलैण्ड ?

—यस, होम, स्वीट होम!! हामरा फादर प्योर आइरिश था। हामरा हसबैण्ड एक कमर्शियल शिप का कैप्टन था।

—कहाँ?

—लिवरपूल में! हामरा शादी भी उहाँ ई हुआ था। हामरा एक लड़का और दो डाटर हय।

—कितनी खुशी की बात है।

—इसमें खुश होने का किया बात हय?

—सन्तानें!!

—यस, लेकिन तभी तक, जब तक उनका हाथ-पैर नहीं हो जाता।

—सबकी शादी हो गयी होगी?

—हाँ, लड़कियाँ सिंगापुर और डरबन में हैं। लड़का रेलवे में ड्राइवर था।

—था?

—यस, इंगलैण्ड चला गिया। हामरा लोग हय न उधर?

—आप क्यों नहीं गयीं?

—गिया था, लेकिन माइ सन! बुढ़ापा अकेलापन माँगता हय। पिछली यादों, स्वेटर बनने और रिसती हुई मौत का रास्ता देखने के अलावा और किया बुढ़ापे के पास होता हय? ए कोल्ड वेटिंग!!

श्रीमती मास्टन का झुर्रियों-भरा मुख बोलते हुए ऐसे लग रहा था जैसे चूने का कोई प्राचीन मुख आपके हाथ में हो और अजीब तरह से बुदबुदाने लगे। वृद्धा के ठीक सामने उपेक्षित फायर प्लेस के मेण्टलपीस पर कुछ पारिवारिक चित्र थे जो कि श्रीमती मास्टन के साथ ही बुढ़ा रहे थे। मेण्टलपीस का झालरदार कपड़ा अपनी शोभा जाने कब का खो चुका था। तभी दरवाजे पर दस्तक हुई। हाथ की माला फेरते हुए कहा—

—यस, कम इन।

—जानसन हूँ, मेमसाऽब!

भीतर से दूर कुत्ते की भौंक आ रही थी। जानसन भीतर आया, चर्च का चपरासी था।

—पादरी साऽब ने कहा है कि दूध और मक्खन के दो डिब्बे से ज्यादा नहीं दिये जा सकते। घी-चीनी के लिए दो-चार दिन ठहरना होगा। और उसने दूध-मक्खन के डिब्बे टेबुल पर रख दिये।

—ठीक हय, जा सकता हय।

—पादरी साऽब ने इनके पैसे मँगवाये हैं।

—कइसा पइसा? चर्च का तरफ से हमको फ्री मिलता हय। ये नया पादरी नहीं जानता हय? जाओ बाबा, हामरा सिर मत खाओ।

जानसन चला गया। श्रीमती मास्टन तेजी से माला फेरते हुए गुस्सा रही थीं।

—ओह, ह्वाट ए पिटी!! ये काला क्रिश्चियन ह्वाइट एंग्लो-इण्डियन का बराबरी करना माँगता हय। उधर से हामरा ह्वाइट लोग हामरा वास्ते दूध-मक्खन भेजता हय

और ये नया पादरी अपना काला क्रिश्चियन को भी देना माँगता हय। ओह, ह्वाट ए डिसग्रेस!!

पता नहीं ऐसे वह कब तक बड़बड़ातीं, लेकिन हठात् एक बाहरी व्यक्ति की उपस्थिति का ध्यान हो आया।

—एक्सक्यूज मी यंगमैन! कोई कह सकता हय कि कैप्टन मास्टन की बीवी को चर्च के फ्री दूध-घी पर रहना पड़ता हय? नकुल के पास न जिज्ञासा, न सहानुभूति किसी के भी शब्द नहीं थे। जानसन के आने के पूर्व तक वह अनुभव कर रहा था कि जैसे वह पेरिस की किसी रईस वृद्धा डचेस के सामने बैठा हुआ है तथा जिसके पास अथवा जिसके चारों ओर इतना एकान्त अवकाश था कि जो निश्चिन्त बैठकर प्रतिपल अपने विगत में रह रही थी। प्रत्येक पल में जैसे वह लिवरपूल में ब्याही जा रही है अथवा अपने जहाजी कप्तान पति के साथ जहाजों के डेक पर खड़ी समुद्री सूर्योदय एवं सूर्यास्त देखते हुए नीली आँखें भिगो रही है। इस क्षण वह रोम के सरकस एरेना के खँडहरों में पति के साथ है तो दूसरे ही क्षण वह काहिरा के बाजारों में अरबों से घिरी कालीन या छुहारे खरीदती फिर रही है—लेकिन जानसन ने हठात् आकर नकुल के स्वप्न को छिन्न कर दिया था। श्रीमती मास्टन उसे उस ईसाई बूढ़ी खूसट नन की तरह लग रही थी कि जिसे चर्च के फ्री दूध की खुरचन तक न खाने को मिले तो वह कैसे बिल्ली की तरह गुर्राती है।

—तुमने हामरा पति का फोटोग्राफ देखा? ही वाज ए फिगर!!

और कमर के पास से दयनीय रूप से झूलते हुए स्कर्ट में वह उठीं और मेण्टलपीस पर रखे एक चित्र की ओर बड़ी भिक्षा-दृष्टि से देखने लगीं। फोटो में सन् '20 में पहने जाने वाले कपड़ों में उसका पति तथा श्रीमती मास्टन विक्टोरियन शैली के घेरदार कपड़ों में सगर्व बैठी थीं। अथाह जल के बह जाने के बाद किस बदसूरती से धरती, दरारों में निकल आयी थी! वह पूजा-भाव से खड़ी हुई थीं।

नकुल ने न केवल स्थिति को टालने के लिए ही वरन् सच्चाई के खयाल से भी कालीन की प्रशंसा की—

—यह आपका कालीन बड़ा सुन्दर है।

—पिरेमिड अइसा ही होता हय। दे आर ड्रीम्स इन ब्रिक्स ऐण्ड स्टोन्स। अब तो सब बीत गया माइ सन! नथिंग इज लेफ़्ट। सब चला गिया—आदमी और चीजें। बरमा टीक का अइसा-अइसा फर्नीचर था—वार्डरोब, ड्रेसिंग टेबुल, सोफा, वाटनाट—सब बेच दिया माइ सन! पानी का भाव बेच दिया।

—हाँ जब मिस्टर मास्टन नहीं रहे तो...

—यस। और फिर पहली लड़ाई के बाद हम भी अपना इंगलैण्ड, आयरलैण्ड गिया था। चार साल रहा उधर लेकिन....

और मुँह जैसे कड़वा गया हो—की तरह बना वह नकुल को देखती रहीं। उपरान्त बोलीं—

यह मकान भी बेचकर गिया था।

—तो अब आप यहाँ किराये पर रहती हैं?

—आफ कोर्स! माइ सन हेज़ लेफ्ट मी। इहाँ का नौकरी छोड़ इंगलैण्ड गिया और उहाँ उसका बीवी उसको छोड़कर भाग गिया। एक्सक्यूज माइ सन! आउरत किसी चीज से नहीं बँधता—सिर्फ उसके गले में पइसा पहना दो, ओ गुलाम बन कर रहेगा....लेकिन मोनिका अइसा नहीं है।

वृद्धापकाल में सब कुछ विगत होता है। उसे कह डालने का मोह होता है। सम्भव होता तो श्रीमती मास्टन एक-एक दिन सुना जातीं। लेकिन वर्तमान की भाँति विगत एक-एक दिन करके हमारे सामने नहीं होता बल्कि एक थोक सुख के रूप में ही प्रस्तुत हुआ करता है।

आया आयी और चाय को पूछ गयी। पानी खौलाने का उसे आदेश दे दिया गया।

—बहुत पर्सनल बात पूछता है, माफ करना।

—कोई बात नहीं।

—मोनिका से शादी क्यों नहीं कर लेता?

—सम्भव है कर ही लूँ।

—जरूर कर लो, शी इज एन ऐंजिल, फरिश्ता है। लेकिन उसे शादी के दिन क्या देगा, क्या हम जान सकता हय?

—अभी तो नहीं सोचा।

—माइ सन! आउरत को चीजों से इतना घेर दो कि कहीं भी जाने का रास्ता न रहे।

कनपटी के पास आँखों से निकलती झुर्रियों की जो वृत्ताकार रेखाएँ थीं उनमें कहीं कुटिलता आ गयी थी। कहीं यह कमजोरी का वह क्षण तो नहीं था जिसमें एक मरती हुई पीढ़ी नयी पीढ़ी को अपना संचित विष धीरे से दे जाती है?

—आइ लाइक यू माइ सन! तुम हमें बहुत अच्छा लगा। क्या हम कोई चीज सुझा सकता हय?

—यदि आप चाहें।

और वृद्धा श्रीमती मास्टन शब्द-टुकड़ों में रेखा बनाती चली गयीं।

वह लौटीं तो उनके हाथों में कश्मीरी काष्ठ-शिल्प की एक छोटी-सी पेटी थी। केंकड़े को हटाकर, पेटी रख वह सोफे पर बैठ गयीं। नकुल से कृपया लैम्प ले आने के लिए कहा। नीले मखमल में एक साधारण-सा नेकलेस था। नीले-लाल रंगों का संयोजन बता रहा था कि यह मिस्री कला का नमूना है।

—इसे मास्टन ने किसी अरब सरदार से खरीदा था।

—बहुत अच्छा है!

—यही बच गया हय। कभी नहीं सोचा था कि...

और जैसे वह कोई बात बचा गयीं।

—हामरा इच्छा था कि हम जिसको पसन्द करे वही इसे पहने।

—तब तो इसे आपको अपनी बहू को दे देना चाहिए था।

—ताकि इसे भी लेकर वह भाग जाता, हुश्!! मास्टन ने इसे पहनाने के पहले रोम के उस फौव्वारे में सिक्का फेंका था ताकि हम लोग फिर रोम जा सकें।

—क्या पता आप फिर जाएँ ही।

—नो माइ सन! हम जानता है, अब हमको सिरफ कब्रगाह तक जाना है।

—आप क्यों हताश होती हैं?

—इसलिए कि दो महीने बाद तुम्हारा यह मोनिका भी चला जाएगा। और यह हामरा आखिरी पेइंग गेस्ट था। अब हामरे इहाँ पेइंग गेस्ट नहीं आता। बेचारा मोनिका भी झूठा एडवरटिज़मेण्ट पढ़कर आया था—हाट वाटर, रूम-कूलर, स्पेशस लान्स....

और वह हँसने लगीं। नकुल की समझ में अब आया कि बेचारी मोनिका झूठा विज्ञापन पढ़कर यहाँ आ फँसी थी।

—हमको अइसा नहीं करना चाहिए था लेकिन—अच्छा जाने दो। हम चाहता है कि मोनिका को तुम यह प्रेजेण्ट में दो।

नकुल इतना सब कुछ सुनने के बाद श्रीमती मास्टन से यह उदारता कभी अपेक्षित नहीं कर सकता था।

—सच मानो, हामरा पास अब और कुछ नहीं हय। तुम अभी देख ही चुका होगा कि चर्च वाला पइसा माँग गिया हय। यह नेकलेस बहूत कीमती हय लेकिन हम इसको दो सौ में दे देगा।

नकुल हठात् हतप्रभ हो गया। उसे लगा जैसे कमरे में अँधेरा हो आया है।

—लेकिन मुझे इसकी जरूरत नहीं है। दूसरे यह आपके पति की स्मृति है, इसे बेचना और खरीदना दोनों ही....

—डॉण्ट बी सेण्टीमेण्टल माय ब्वाय! इट इज ए लंक्जरी, और अब हम इसे अफोर्ड नहीं कर सकता। अच्छा इसके सौ ही दे दो। लिया तो पाँच सौ में था।

—जरूर लिया होगा और तब के पाँच सौ आज के....

—यही बात हय। अइसा सच्चा सोना और स्टोन्स देखने को भी नहीं मिलेगा।

—लेकिन मुझे दुःख है कि मैं नहीं खरीद पाऊँगा।

नकुल ने बात बदलने के विचार से मरियम की मूर्ति की प्रशंसा आरम्भ कर दी। श्रीमती मास्टन उसके इस व्यवहार से किंकर्तव्य-विमूढ़ ठगी-सी हो रही थीं।

—हाँ, यह गाथिक आर्ट का हय। पोप ने इसे अपने हाथों से हमको दिया था।

—यह तो कला की वस्तु है!

—तुम चाहो तो यह मूर्ति और नेकलेस दोनों ही सौ रुपये में ले सकते हो।

—यह क्या कह रही हैं?

—हम सच कह रहा हय। अब हमको किसी मूर्ति या आनमेण्ट का जरूरत नहीं हय। तुम चाहो तो ये क्राइस्ट भी ले जा सकते हो।....मकान किराया, बेकरीवाला, आया, बिजली....आइ वाण्ट मनी माइ सन! पइसा चाहिए। तुम ये क्राइस्ट भी ले जाओ। हामरा क्राइस्ट हामरा दिल में है। वह हमें माफ कर देगा। तुम ले जाओ, सब ले जाओ, सिर्फ सौ रुपये में....

—तभी दरवाजे पर पदाहट हुई। श्रीमती मास्टन ने विद्युत्-गति से नेकलेस पेटी में रखा और उसे बाइबिल के पीछे छिपा दिया। वह मोनिका थी।

—आ गिया तुम?

—यह क्या मिसेज मास्टन? आज भी बिजली नहीं? कितनी बार कह चुकी हूँ कि आप अगर बिजलीवालों को आठ-आठ महीने बिल नहीं देंगी तो कैसे काम चलेगा?

—माइ डियर! तुमसे मिलने मिस्टर नकुल आया हय।

और किंचित् अँधेरे में खड़े नकुल को वह देख नहीं पायी थी।

—आइ एम सॉरी मिसेज मास्टन!—अरे तुम? कहाँ से? कब आये? खबर क्यों नहीं दी?

—सब बताता हूँ, पहले तुम स्वस्थ हो लो।

मोनिका असुविधा अनुभव कर रही थी कि उसे नकुल के सामने श्रीमती मास्टन को ऐसा नहीं कहना चाहिए था।

—आप ठीक तो हैं, न मिसेज मास्टन?

—ठीक न होने का कोई बात तो नहीं है। आज कहाँ देर हो गिया?

—ऑफिस में जरूरी काम आ गया था।

—अच्छा, अब जाओ, चाय तैयार है, गो ऐण्ड गेट रेडी।

और दोनों चली गयीं।

मोनिका कपड़े बदल सोत्साह लौटी। नकुल ने बताया कि वह दिल्ली जा रहा है। मोनिका से मिलने का लोभ संवरण न कर सका और लखनऊ उतर गया। अभी रात ही चले जाना है। दोनों बहुत प्रसन्न मन से बातें करते रहे। दो माह बाद दोनों का विवाह होना था।

—मोना! यह तुम्हारी मिसेज मास्टन कैसी महिला हैं?

—क्यों ? अच्छी ही हैं।

—शायद बहुत अच्छी, कब्रगाह पर झुकी एक असमाप्त शाम-सी।

मोनिका हँसने लगी।

—क्यों हँस रही हो?

—वैसे ही। जानती हूँ, तुमसे भी उन्होंने कहा होगा कि मिस्टर मास्टन जहाज में कप्तान थे, लिवरपूल में शादी हुई थी, लड़का रेलवे में था, लड़कियाँ सिंगापुर तथा डरबन में हैं, शाही पलँग थे, बर्मा टीक का फर्नीचर था जो पानी के भाव बेंच दिया....

—तो क्या यह सब झूठ है?

—यह भी कहा होगा कि मरियम की मूर्ति स्वयं पोप ने उसे दी थी... और मोनिका इस बार बड़ी जोर से हँस दी।

—तो क्या....?

—नहीं, था, कुछ तो था ही। कुछ क्या, मिस्टर मास्टन का एक-एक रूमाल तथा मोजा तक था। लेकिन तुम नहीं सोचते कि यह सब कितना अजीब है कि प्रत्येक क्षण यही सब सोचना और सबसे कहते फिरना और फिर...एक-एक चीज बेचकर उसकी शराब पीकर उन दिनों को आँसू बहाते हुए, माला फेरते हुए याद करना...सच नकुल! इस तरह बुढ़ाने से ज्यादा और क्या अभिशाप हो सकता है?

—मैं नहीं सोचता कि उसने ऐसा किया होगा।

—अभी परसों की ही बात है, कहने लगी कि मैं अपने फेंसी को क्यों नहीं कोई टाई भेंट में देती? और जानते हो, भीतर गयीं और पति की एक नीली टाई बेचने के लिए ले आयीं!

—तो वह मूर्ति क्या पोप ने नहीं दी?

और मोनिका इस बार इतने जोर से हँसी कि नकुल हतप्रभ हो गया तभी श्रीमती मास्टन की वही घिसटती आहट सुनाई दी। हाथ में चाय की ट्रे थी!

—ओह, इट इज बून टु बी यंग ऐण्ड दैट टू इन लव!!

परम सन्तोष के साथ उन्होंने ट्रे रखी। अपने बन्द ठण्डे होठों में वह अत्यन्त सतर्कता से पतली मुसकान दाबे थीं। शाम के आकाश-सी वे आँखें जैसे कोई आपेरा देख रही हों लेकिन वृद्धापकाल की झँझरियों से झूठ भी स्पष्ट झलका पड़ रहा था—एक ऐसा झूठ, जो बुढ़ा रहा था।

एक शीर्षकहीन स्थिति

अगत्या एक लम्बी प्रतीक्षा के बाद गली के मुहाने पर हर्स के टट्टू की आवाज सुनाई पड़ी। गली के लड़के, जो बड़ी देर से किसी अप्रत्याशित तमाशे की आशा में यहाँ-वहाँ खड़े-खड़े निराश हो चुके थे, हर्स को देखते ही चिल्लाते हुए उसके स्वागत में दौड़े। वैसे स्वागत करने जैसी तो कोई भी बात नहीं थी पर दौड़ती हर्स के साथ शोर करते हुए लड़के, मृत्यु जैसे शोक के अवसर पर भी प्रसन्नता व्यक्त कर रहे थे।

ल्यूक-परिवार की इस काटेज के सामने हर्स की प्रतीक्षा करते बैठनेवालों में चर्च का केयर-टेकर डेविड भी था जो कि साढ़े-सात बजे से ही अपनी घड़ी बारम्बार देखते हुए बेचैनी व्यक्त कर रहा था कि आठ बजे यहाँ पहुँच जानेवाली हर्स, साढ़े-सात बज जाने पर भी क्यों नहीं पहुँची थी? इस बेचैनी का एक कारण उसके स्वभाव के अतिरिक्त यह भी था कि उसे दोपहर की ट्रेन से मिर्जापुर जाना था। यद्यपि अपनी ट्रेन के जाने के पूर्व वह चाहता तो आसानी से एक नहीं दो-दो दफन-संस्कार सम्पन्न करवा सकता था, लेकिन डेविड तो उन लोगों में से है जो स्टेशन पर दो-ढाई घण्टे पूर्व पहुँचने में विश्वास करते हैं। गाड़ी आने के आध घण्टे पूर्व ही अपनी तथा प्लेटफार्म की घड़ी का मीलान हर मिनट पर करते रहते हैं तथा दस मिनट पूर्व से तो अपनी पैण्ट को पेट पर बारम्बार चढ़ाकर बेचैन होते रहते हैं। ऐसों के लिए प्रतीक्षा-जैसी निरीह स्थिति भी इण्टरव्यू से कम नहीं होती।

डेविड का बारम्बार अपनी कुरसी से उठकर बाहरी फाटक, जहाँ कि कुछ छोटे बच्चे उससे झूल रहे थे, तक जाकर हर्स के लिए झाँक आना किसी को भी शोभनीय नहीं लग रहा था। खास कर उसका हलके-हलके झींखना तो किसी अवांछित भँवरे का गुन्नाना लग रहा था। डेविड जिस तरह हर्स की प्रतीक्षा कर रहा था उसमें यदि एक मिनट की भी देरी हो जाती तो कोचवान स्मिथ की शामत ही आ जाती, पर बीड़ियों और घोड़ों की पहचान जितनी स्मिथ की अप्रतिम है उतनी ही आदमियों और समय की भी है। वह एक नहीं चार-चार, न केवल केयर-टेकरों बल्कि पादरियों

के, न केवल हाथ-नीचे काम ही कर चुका है बल्कि उनमें से कइयों को वह इसी हर्स पर कब्रिस्तान तक छोड़ भी आया है। वह जानता है कि एक दिन वह भी इसी हर्स से कब्रिस्तान ले जाया जाएगा, पर उसे ले जाने वाला वह स्वयं नहीं होगा, बस इसी बात का उसे दुःख है। घड़ियाँ गलत हो सकती हैं पर कोचवान स्मिथ नहीं, इसे फादर डिसूजा तक जानते हैं, वैसे डेविड भी जानता है क्योंकि बीड़ियों की गिनती से सारा शहर वह नापे बैठा है। क्या वह नहीं जानता कि चर्च से श्री ल्यूक का यह घर केवल चार बीड़ियों की दूरी पर है? अरे, एक बीड़ी के वक्त में केवल गुणा करते जाना है, बाकी तो टट्टू स्वतः समझा-बूझा जानवर है। अपने इस टट्टू पर वह चाहता तो गर्व कर सकता था कि इसे हर अवसर, स्थिति के अनुकूल चलना आता है। स्मिथ ने ही कभी ज्यादती में चाबुक मार दिया होगा, पर टट्टू ने स्मिथ की ऐसी मूर्खताओं को अत्यन्त सहनशील की तरह हमेशा दरगुजर किया है। उसके चरित्र में एक ऐसी सदाशयता रही है जिसने स्मिथ को बहुत-कुछ सिखाया है। तभी तो स्मिथ की धारणा है कि टट्टू में वे सारे सद्गुण हैं जो किसी भी आदर्श धार्मिक में होने चाहिए।

जब स्मिथ ठीक आठ बजे हर्स के साथ पहुँचा तो उसे अपनी आशा के अनुरूप ही परेशान होता हुआ डेविड फाटक के पास चक्कर लगाते दिखा। वह मुसकराया नहीं क्योंकि लोगों की मूर्खताओं पर उसे सदा करुणा ही हुई है। लेकिन डेविड को स्मिथ की इतनी घड़ीय पाबन्दी चिढ़ा देने वाली लगी। उसके भीतर की उलझन बिना कफ के बटन खोले बाँहें चढ़ाने से स्पष्ट थी। कोई भी कह सकता था कि वह नाराज होने के लिए कारण खोज रहा था। ताजी शेव के कारण उसका काला चेहरा काले पत्थर की मूर्तियों की भाँति चमक रहा था, पर वह मूर्तियों की क्लासिकीय चमक न होकर ड्यूटी पर जाने वाले मुख की-सी थी। वैसे उसकी अनिश्चयी आँखें उसके झल्लाते मुख को और भी दयनीय बना रही थीं। आखिरकार डेविड को कारण मिल गया—

—यह क्या लड़कों का जुलूस साथ में लिये आ रहे हो? यहाँ क्या नाच-गाना होना है?

स्मिथ टट्टू की रास सीट से बाँध रहा था। वह इस तरह की स्थितियों में सदा ऐसे ही देखता है जैसे किसी भीड़ की समग्रता को देख रहा हो। भीड़ को वैसे भी कोई उत्तर नहीं दिया जाता, इसलिए एक क्षण डेविड की ओर उसने देखा, उपरान्त लड़कों को टिटकारते हुए बोला—

—भागो लड़को! यहाँ से।

मक्खियों को भगाये जाने के अन्दाज में ही उसने कहा। लड़के भी जाने क्या सोचकर थोड़े परे को हो गये, शायद उन्हें आशा थी कि उनके हट जाने के बाद जरूर ही कुछ होगा।

—अब अपनी सीट पर ही बैठे रहोगे या नीचे उतरकर पल्ला खोलकर काफिन भी निकालोगे?

यद्यपि हर्स का पीछे का पल्ला खोलकर काफिन निकालने का काम स्मिथ का नहीं है, बल्कि यह तो केयर-टेकर और मृत के परिवार वाले ही करते हैं; पर सवेरे-सवेरे किसी से भी उलझने का वह पक्षपाती नहीं है—चाहे वह केयर-टेकर डेविड हो, या पादरी साहब का अण्डेवाला हो या हर्स का टट्टू ही क्यों न हो। क्योंकि सवेरे को वह उतनी ही गम्भीरता से लेता है जितनी कि रविवार की प्रार्थना को। एक के बाद एक बीड़ियाँ तथा तीन-चार कप चाय पीकर वह अपने सवेरे को गरमाता है। उस समय वह हड्डी चूसते कुत्ते की भाँति तन्मय और चौकस दोनों ही होता है। भला इतनी मेहनत और निश्चिन्तता से गरमाये गये सवेरे को पल्ला खोलने जैसी न-कुछ बात पर उलझकर खराब करने में क्या तुक है? अतएव सीट पर हाथ का चाबुक रख वह उतरा और पल्ला खोल दिया। डेविड को उसके इस निस्पृह ढंग से काम करने पर न केवल आपत्ति थी बल्कि अपमान अनुभव हुआ। क्योंकि उस खोलने में आज्ञा या कर्तव्य-पालन-जैसा कोई भाव न होकर एक ऐसी ठण्डी उपेक्षा थी जैसे स्मिथ ने डेविड के लिए हर्स का नहीं बल्कि स्वर्ग का द्वार खोला हो और जिसके लिए वह डेविड को कदापि योग्य नहीं समझता। इस आचरण से डेविड को उलझन तो खासी हुई पर स्मिथ जैसे तुच्छ व्यक्ति से, वह भी मृत्यु-जैसे गम्भीर अवसर पर उसने उलझना ठीक नहीं समझा, इसलिए झटके के साथ डेविड ने काफिन को खींचा। काफिन जिस हलके ढंग से खिंच आयी उससे उसे ल्यूक परिवार पर चिढ़ हो आयी कि इस परिवार के सारे लोग न केवल शराबी ही हैं बल्कि कंजूस भी हैं। वैसे श्री ल्यूक पिछले दिनों पत्रकारों की हड़ताल के असफल हो जाने के सिलसिले में नौकरी से निकाल दिये गये थे और तब से बेकार हैं। अकेला लीजी का पति डेरिक ही तो कमाता है। वैसे आज के जमाने में डेरिक के डेढ़ सौ रुपयों को कमाई कहना गलत ही है जबकि खाने वालों की संख्या कम-से-कम आठ हो। दाल खाते वैसे ही लोगों के गले ऐंठते हैं, गोश्त तो चाहिए ही। रोज भैंसे का सस्ता गोश्त ही लिया जाता है, पर गोश्त आखिर कितना सस्ता होगा? कोई मूली है कि चार आने सेर हो? उस पर छोटे भाई फ्रेडरिक साहब के यह हाल हैं कि आज दो साल से एक कटर की दूकान पर काम सीख रहे हैं लेकिन पाजामे की कटिंग तो दूर की बात है, कमीज में काज बनाना तक न आता होगा लेकिन रोज शाम को जीन्स और टी-शर्ट में साइकिल पर चक्कर लगाते सिविल लाइंस में घूमते रहेंगे। और मजा यह कि कोई किसी से कुछ नहीं कह सकता है। जब कभी दोनों भाइयों में झड़प होती है तब उसका अन्त हाथापाई में होता है। दोनों की मारपीट में लीजी बचाने जाती है तो सास लीजी पर टूट पड़ती है। भाइयों की लड़ाई तथा सास-बहू की गाली-गलौज, मारपीट में भी श्री ल्यूक अडिग बने रहते हैं। सवेरे-शाम हौली से

लौटकर अपनी कुरसी पर मूर्तिवत् बैठे हुए या तो सिगरेट पीते रहना या फिर दैनिक अखबार को चौबीसों घण्टे पढ़ते हुए उसमें की 'स्पेलिंग मिस्टेक्स' पर मन-ही-मन खीझते हुए हर सातवें दिन प्रेस पहुँचकर सम्पादकों को उनकी सप्ताह भर की एक चिट पकड़ाकर चले आना उनका एक आवश्यक साप्ताहिक काम है। शेष घर में, घर के सदस्यों में क्या है, क्यों है, से उन्हें कोई सरोकार नहीं। गोश्त है तो प्रसन्न मन खा लिया जाएगा, नहीं है तो उसके लिए चिन्ता नहीं की जाएगी। घर और बाहर हर व्यक्ति, स्थिति के प्रति वह तभी रागात्मकता अनुभव करते हैं जब उसमें वास्तविक 'न्यूज वैल्यू' दिखलाई देती है। और ऐसे समय भी कोई आत्मिक भाव मन में नहीं होगा मात्र इतना ही कि इसका शीर्षक कितने पाइण्ट में दिया जाना चाहिए तथा किस पृष्ठ पर।... लेकिन इसका मतलब यह भी नहीं कि हर बात के लिए चर्च पर ही निर्भर रहा जाय। दूध, चीनी, सूजी सभी कुछ तो चर्च से लेने श्रीमती ल्यूक पहुँच जाती हैं। लेकिन क्या इतना पैसा भी नहीं था कि तीसरे दर्जे की काफिन ही बनवा ली जाती? उसके लिए भी पादरी के हाथ-पैर जोड़ने पड़े। चर्च की प्रबन्ध समिति ने दफन के लिए जमीन फ्री दे दी, हर्स का किराया माफ कर दिया, लेकिन जब डेरिक काफिन भी मुफ्त चाहने लगा, तब निर्लज्जता की हद थी यह तो, और लीजी की अधिकांश दवा-दारू भी डॉक्टर रिचर्ड उनियाल ने की। अब बेचारा डॉक्टर उनियाल क्या करे इसमें जो लीजी मर गयी। भला होम्योपैथी की गोलियों से कोई किसी क्षय के रोगी को कितने दिन जिला सकता है? बेचारी लीजी!!–जिसके विवाह के अवसर पर डेविड ही ने तो चर्च की ओर से सारा प्रबन्ध किया था। चर्च के अनाथालय में पली लीजी को ब्याह की भूषा में देखकर कोई कह सकता था कि अनाथालय के टुकड़ों पर पली लड़की यही सुन्दरी है? असमिया चौड़ा कपाल, नेपाली धुला रंग तथा डरी हरिणी की भाँति बड़ी आँखें। हमेशा हाथ ऐसे कि जैसे किसी ने उन्हें लीजी पर टाँग दिये हों। आवाज में बाँसुरी के प्रथम स्वर की-सी डूबी-डूबी वर्तुलता। कैसी ठण्डी मोमबत्ती-सी लीजी को उस दिन डेविड ने ले जाकर डेरिक के पार्श्व में खड़ा कर दिया था। उस दिन भी डेरिक झुके कन्धों वाला ही था, पर तब कुछ-कुछ युवक-जैसा लगता था। लेकिन आज?....टाँगों और फेफड़ों के बीच पेट और कमर भी होते हैं पर डेरिक की देह जैसे टाँगों से ही निर्मित थी। न केवल वह बुझे हुए चूल्हे का ही आभास देता था बल्कि हर शब्द उसके फेफड़े से ही निकलता है। इसलिए बोलते समय शब्द फेंकते उसके फेफड़े ऊपर आना चाहते तथा कन्धे और लटक जाते। बोलते समय उसमें अजीब रिरियाती करुणा भी लगती थी। शायद लीजी का असमिया चौड़ा कपाल, डेरिक के शब्द फेंकते फेफड़े तथा श्री ल्यूक का टाँगें जमाकर चलने का ढंग चार्ली में आ गया था जो कुल मिलाकर उसे एक अमूर्त चित्र की संज्ञा अधिक देता था।

काफिन का अगला भाग थामे डेरिक फाटक से आँगन में घुसा। काफिन को

देखकर बच्चों तथा उपस्थितों में हलकी-सी भुनभुनाहट हुई। लीजी की खाट के पास काफिन के लिए फ्रेडरिक कुरसियाँ रख रहा था। दो-चार बने-ठने बच्चों के बीच लीजी का चार बरस का चार्ली नियमतः चड्डीनुमा छींट के गन्दे जाँघिये में, गाल पर सूखे आँसुओं की मटमैली धारियों में एक कच्ची गूलर चबाते हुए काफिन के लम्बे काले बक्से को देख रहा था। अपने पापा को उस बक्से को उठये हुए देखा तो रोज की तरह दौड़कर वह भी हाथ लगाने पहुँच गया जैसे यह भी कोई मुर्गी हो जिसे उसके पापा ने बड़ी मुश्किलों से पकड़ पाया हो। डेरिक चार्ली पर झल्लाता इसके पूर्व ही श्री ल्यूक ने चार्ली का नन्हा-सा हाथ अपनी भारी-भरकम हथेली में पकड़ लिया और उसे लेकर वह खाली कुरसी की तरफ बढ़े। उन्हें ऐसा करते देख सबका ध्यान उनकी तरफ गया। श्री ल्यूक नियमानुसार सीधे हौली से लौट रहे थे बल्कि कहना चाहिए कि वह हर्स के पीछे-पीछे ही आये थे। यह भी कहा जा सकता था कि हौली की खिड़की से हर्स को देखा था इसलिए जैसे-तैसे पौवा खत्म किया था और बारहों मास आनेवाला कपाल का पसीना पोंछते हुए तथा सिगरेट पीते हुए आये थे। लीजी के लिए उनके मन में क्या था, इस पर उन्होंने कभी सोचा न था पर वह उन्हें प्रिय ही थी क्योंकि हर सोमवार को जब वह सम्पादकों की गलतियाँ दिखाने प्रेस जाते थे तो लीजी उनका एकमात्र सूती कोट ला दिया करती थी जिसे वह मुसकराते हुए पहन लिया करते थे। उसके इस उपकार के बदले में वह रास्ते में दिखनेवाली हर अच्छी चीज को खरीदकर अपनी बहू को देने की कामना किया करते थे और सन्तुष्ट हो लिया करते थे। श्री ल्यूक रोज की भाँति शान्त मुद्रा, शेव किये मुख तथा कमर में चौड़ी पेटी और अपनी तोंद के साथ बड़े इत्मीनान से खजूर की छाया में रखी खाली कुरसी पर गहरी साँस छोड़ते हुए बैठ गये। खजूर की कँगूरेदार छाया हिलती हुई श्री ल्यूक की देह बुहारती लग रही थी। वह जिस ढंग से सिगरेट पी रहे थे उसमें बड़े सांगोपांग का-सा भाव था।

ल्यूक परिवार की इस छोटी-सी काटेज के सामने के ऊबड़-खाबड़ आँगन में चार-छह कुरसियों पर हिन्दू तथा ईसाई पड़ोसी एवं परिचित बैठे हुए थे। दो-चार झाड़ियाँ तथा एक-दो गुलदावदी के पौधे बड़े ही क्षमा भाव से उगे हुए थे तथा रोज की ही तरह ल्यूक परिवार की बीमार मुर्गियाँ उनमें चक्कर लगा रही थीं। उघड़ी जालियों के दड़बे में पानी का कटोरा औंधा पड़ा था। मात्र खजूर ही एक ऐसी थी जिसे न ल्यूक परिवार के स्नेह, न तिरस्कार किसी की भी चिन्ता न थी। उसके सूखे लम्बे पत्ते हवा में खड़खड़ाते रहते और जब किसी दिन अरहराकर टूट गिरते तब भी किसी को आवश्यकता न होती कि उन्हें बाहर फेंक दिया जाय। चार्ली श्री ल्यूक की पकड़ से छिटककर खजूर के काँटेवाले तने से टिककर खड़ा हो गया और एक काँटे में पैर फँसाकर सारा व्यापार देखने लगा, जो कि उसकी दृष्टि में उसकी ममी का ब्याह था। कल शाम उसने डॉक्टर उनियाल से पूछा था—जब लीजी को

साफ-सुथरे कपड़े पहनाकर धुले बिस्तरे पर, बड़े ही सुव्यवस्थित रूप में लिटाया गया था, कि क्या ममी का ब्याह होने जा रहा है? और वह बराबर प्रतीक्षा करने लगा कि किसी भी क्षण बाजे-गाजे आ सकते हैं, रेकार्ड बज सकते हैं क्योंकि उसने घर में पहली बार इतनी रोशनी तथा कपड़ों-बिस्तरों का ऐसा धुला-धुलापन देखा था। बिना पलक झपकाये वह कल से प्रतीक्षाकुल रहा है कि देखें उसकी ममी का ब्याह कैसे होता है।

काफिन अब आँगन से होकर सहन में पहुँच गयी थी जिसे ईसाई-हिन्दू महिलाओं की भीड़ ने अपने बीच से रास्ता दिया। चैत्र के आरम्भिक दिन थे। दिन गरम नहीं थे तो ठण्डे भी नहीं रह गये थे, पर सवेरा अवश्य ही सुखद था। सवेरे की धूप में जो खुलापन आ गया था उससे आरम्भिक गरमियों का आभास स्पष्ट था। हवा में भीगेपन का आभास था। लाश रात-भर में कहीं दुर्गन्ध न देने लगे इसलिए इंजिन ड्राइवर राजर्स का पेडेस्ट्रियल फैन लाकर लगा दिया गया था। पंखे की हवा में लीजी की मृत देह से लिपटा सफेद कपड़ा हौले-हौले काँपकर भ्रम उत्पन्न कर रहा था कि लीजी जैसे क्षीण साँसें ले रही हो। सिरहाने जलती मोमबत्तियों का प्रकाश, रात में जितना प्रचुर था वह इस समय धूप-भरे दालान में नगण्य फीका-फीका हो उठा था। कैसे ध्यानस्थ भाव से देर रात तक चार्ली इन मोमबत्तियों को सिरहाने बैठे देखता रहा था। मोमबत्तियाँ जब हवा में काँप उठतीं, तभी उनका जलना बोधित होता था। मुँह पर की सफेद जाली के आस-पास अवश्य ही मक्खियाँ भिनभिनाने की चेष्टा करते हुए मृत्यु की भयावह निरीहता को व्यक्त कर रही थीं। इस तरह उनका उड़ना किसी शव के आस-पास ही हुआ करता है। सिरहाने रखे धूपदान में सवेरे ही ढेर-सारी धूप और डाल दी गयी थी, इसलिए वातावरण में धूप की गन्ध से उस सम्पूर्ण शोक में पवित्रता की गन्ध आ गयी थी।

जैसे ही श्री डेविड, डेरिक तथा दो-एक दूसरे लोग काफिन लेकर सहन में पहुँचे, औरतों की भीड़ जो पहले फैली हुई थी, सिकुड़कर लम्बी हो गयी। फलतः कुछ औरतें आधे सहन, कुछ आधे मैदान में खड़ी हो गयीं। काफिन लीजी की खाट से सटाकर कुरसियों पर रख दी गयी। धूप पड़ते ही काफिन पर का सफेद धातु का लम्बा क्रास तथा 'श्रीमती लीसा ल्यूक' के अक्षर चमक उठे। लीजी की बुढ़िया सास रोज की तरह असम्पृक्त रूप में अपनी पोती डीजी को कमर पर उठाये, पुराने ढंग की टखनों तक की फ्राक को झूल की तरह झुलाते हुए सिरहाने आकर खड़ी हो गयी। डीजी अभी मुश्किल से साल-भर की होगी। चीनी ढंग के कटे बालों में तथा अपनी नासमझ आँखों में वह अपनी माँ की प्रतिकृति लग रही थी। कल अपराह्न लीजी की मृत्यु हुई थी, तब से जो रुदन परिवार की आँखों में, पसलियों में एवं भिंचे दाँतों में रुँधा पड़ा था वह हठात् इस बात से फूट पड़ा कि लीजी को काफिन में बन्द करने की अन्तिम तैयारी केयर-टेकर डेविड कर चुका था। डेविड

ने जैसे ही काफिन का ढक्कन नीचे रखा तो धूप का एक लम्बा टुकड़ा काफिन के सफेद अस्तर पर कूद पड़ा। डेविड अब एक मिनिट भी नष्ट नहीं करना चाहता था। डेरिक से न रहा गया और लीजी के मुँह पर की जाली हटाकर वह पागलों की भाँति उसे चूमने लगा। उसकी यह विह्वलता भी निःशब्द थी। पलकें भीगी हुई थीं पर आँखों में केवल टूट उठने वाली विवशता के अलावा और कुछ नहीं था। डेरिक को किसी भी बात की अभिव्यक्ति कभी नहीं आयी। वह शीशे के घर की तरह प्रहार होने पर ढह सकता था पर कैसा भी कहना उसके फेफड़ों में उलझ-उलझ जाता रहा है। लीजी की ननद मेगी, जो अभी तक सबकी आँखों से अपने को बचाये हुए भीतर एक कोने में मुँह में साड़ी का एक पल्लू ठूँसे अन्तर ही में खूब रोती रही थी, काफिन को बन्द होते देख दौड़कर आयी और पूर्ण कातर होकर लीजी को कमर से बाहुओं में भरकर चीख पड़ी। शायद मेगी का रुदन ही पहला स्पष्ट रुदन था। दालान में खड़ी औरतों में अहाते की जमादारिन, कण्डेवाली, तरकारीवाली आदि भी थीं जिनका रुदन मेगी की ही भाँति स्पष्ट था। ईसाई औरतें आँखों की अपेक्षा नाक से रोती लग रही थीं। इंजिन ड्राइवर राजर्स की पत्नी अपने गुलाबी स्कर्ट तथा अमलतासी सिर के रूमाल में सबसे पृथक् लग रही थी। उसी की तरह उसके दोनों बच्चे भी थे। धानी रंग की झालरदार फूली फ्राक में श्रीमती राजर्स की बड़ी लड़की, लाली-पाप चूसता छोटा लड़का तथा पिकनिक वाली डलिया में नेपकिन, दूध की बोतल और बिस्किट का पैकेट लिये स्वयं श्रीमती राजर्स पिकनिक की तैयारी में निकली ज्यादा लग रही थीं बनिस्बत किसी शोक-समारोह में सम्मिलित होने के। ...स्त्रियों के इस सामूहिक रुदन से शोक के साथ-साथ विपन्नता भी उभर आयी थी। स्त्रियों के सामूहिक रुदन से लेकर सामूहिक गान तक में एक ऐसी जीवन्त समग्रता, संबद्धता होती है जैसी कि पृथ्वी की होती है, जब कि पुरुष सारी स्थितियों में, सामूहिक अवसरों पर द्वीपवत् रहने में विश्वास करता है। पुरुषों में भी कुछ उदास हो गये थे, कुछ की आँखें तथा गले तक भर आये थे, पर किसी प्रकार की सामूहिकता उनमें नहीं थी। अधिकांश असम्पृक्त थे, इसे जो भी कह लिया जाय। केवल लीजी के सिरहाने बैठा डॉक्टर रिचर्ड उनियाल जरूर अपनी छितरी, अस्तव्यस्त सफेद मूँछों तथा गहरे रंग के चश्मे के पीछे की अपनी एक आँख से रो रहा था। वह बिना हिले-डुले जिस प्रकार मौन रो रहा था उससे लग रहा था जैसे कोई कुरूप बूढ़ी मूर्ति इसीं तरह बनायी गयी हो। चाँदी के बालों का एक घुमाव उसके कपाल पर आकर चश्मे की फ्रेम पर टिक गया था, जिसका सन्तुलन उसके लटके भारी जबड़ों से हो रहा था। वैसे तो वह बराबर प्रार्थना गाता जा रहा था पर कभी-कभी जब उसके दोनों ओठ अतिरिक्त साँस छोड़ते तो लगता कि अगर कोई उसे जरा-सा भी छू दे तो वह भरभरा कर निष्प्रयास ढह पड़ेगा। वह सजीव से अधिक अपनी ही प्रतिकृति लग रहा था। लीजी का वह मात्र डॉक्टर ही नहीं था बल्कि 'गॉड-फादर'

भी था। डॉक्टर की भद्दी मोटी पत्नी को न केवल लीजी ही अप्रिय थी बल्कि डॉक्टर का उसके लिए दवाइयों पर खर्च करना भी बुरा लगता था। उसके इस बुरे लगने में डॉक्टर की लड़की भी अपनी माँ का साथ देती थी। फूले-फूले गालों तथा चकत्ते रंग की दोनों माँ-बेटी डॉक्टर से सदा असहयोग किये रहतीं। यहाँ तक कि रविवार के दिन वे दोनों अपने रिक्शे पर भी डॉक्टर को चर्च नहीं ले जाती थीं। डॉक्टर की पत्नी और लड़की अपनी देह के भद्देपन को गर्व से वहन करते हुए गले में चाँदी के क्रास लटकाये रोने का अभिनय करती खड़ी हुई थीं। माँ-बेटी दोनों ने सस्ते आसमानी रंग की फ्राकें तथा रूमाल बाँध रखे थे। डॉक्टर की पत्नी अपनी पुत्री को जिस तरह सटाये खड़ी थी उसमें वह लोगों तक यह बात सार्वजनिक रूप से अभिव्यक्त कर देना चाहती थी कि भले ही डॉक्टर चार्ली और डीजी को पानी की टंकी तक रोज घुमाने ले जाता हो, पर वह अपनी लड़की के अतिरिक्त न किसी अन्य को चाहती ही है और न किसी दूसरे को सुन्दर समझती है; फलतः लड़की के कन्धों तथा गले के पीछे इतना ढेर-सारा पाउडर था कि जरा से हिलने पर उसके भीतर की काली चमड़ी चमक उठती थी। वे दोनों माँ-बेटी डॉक्टर से बदला लेने के विचार से ही यहाँ उपस्थित लग रही थीं। उन्हें किसी अन्य से नहीं अपने ही से सहानुभूति थी।

रोते हुए डेरिक और डॉक्टर ने सिर की ओर से तथा फ्रेडरिक और डेविड ने पैर तथा कमर से उठाकर लीजी को काफिन में रख दिया। डेविड ने अन्तिम बार के लिए घड़ी देखी और ढक्कन उठाकर रखने जा ही रहा था कि मेगी और उसकी माँ एक बार फिर काफिन से लिपटकर रो उठीं। लीजी की सास ने शायद मुर्गियों को ज्यादा प्यार किया था, लेकिन लीजी के प्रति वह वैसे ही कड़ी रही है जैसे कि बासी कड़ा सिंका टोस्ट। औरतें काफिन के पास जाने क्या देखने सिमट आयी थीं और इस बात से डेविड को उलझन हो रही थी। कुछ क्षण तो वह हतप्रभ बना देखता रहा, पर अब उसे इस रोने-धोने पर झुँझलाहट हो रही थी। और सच तो यह था कि इस प्रकार चिल्लाकर रोना बड़ा अनईसाई ढंग था। हिन्दुओं की तरह रो-गाकर पूरे मुहल्ले को इकट्ठा करना ईसाई गरिमा के विरुद्ध था, इसलिए लगभग झल्लाते हुए तथा किंचित् निर्ममता के साथ मेगी और उसकी माँ की बाँहों के नीचे से ढक्कन सरकाया और काफिन बन्द कर दी।–किसी पड़ोसी के दो बच्चे दीवार में सिर छुपाये रो रहे थे। वैसे जिस तरह के साफ-सुथरे एवं कायदे के कपड़े उन्होंने पहने हुए थे उससे नहीं लग रहा था कि वे किन्हीं चीजों या गुब्बारों-जैसी व्यर्थ की चीजों पर साधारण बच्चों की भाँति रोने के आदी हैं! उन दोनों को चुप कराने के लिए एक थोड़ी बड़ी बच्ची निःशब्द रोती हुई, लाल नाक को अपने बचकाने रूमाल से सुड़कते हुए बरज रही थी। पोनी-टेलवाली बड़ी बच्ची तथा वे दोनों बच्चे कोने में दीवार से सटे रोने से अधिक मन्त्रणा करते लग रहे थे। पर इतना निश्चय था कि वे दोनों

बच्चे स्थिति की अकल्पनीयता के कारण ही रो रहे थे, इसलिए उनके रोने में आवाज अधिक थी, भला और हो भी क्या सकता था? फ्रेडरिक ने अपनी माँ और बहन को काफिन से अलग किया और डेविड ने पार्श्व का हैण्डिल थामा तो दूसरों ने भी काफिन उठाने के लिए हाथ लगाया। काफिन के उठने के साथ ही एक छोटा-सा कोलाहल भी उठा।

इस बीच स्मिथ टट्टू को थोड़ा चारा खिला चुका था। बीच-बीच में वह हाथ के गमछे से टट्टू की मक्खियों को भी भगाता जा रहा था। काफिन को आते देखा तो हाथ का चारा अधूरा ही खिलाया और जल्दी से टट्टू के कपाल को सँवारा तथा गरदन को थपथपाया। टट्टू और स्मिथ के बीच यह रोज का आवश्यक व्यवहार था। स्मिथ जाकर अपनी सीट पर बैठ गया, क्योंकि वह जानता था कि काफिन के रखे जाने के बाद उसे तुरन्त चल देना होगा। वह चल पड़ने के लिए डेविड का कैसा भी आदेश नहीं सुनना चाहता था, इसलिए सीट पर होते हुए भी उसके कान काफिन के पल्लू की आवाज पर लगे थे। लगता था जैसे उसने पूरी हर्स पर अपने कान फैलाकर रख दिये हों कि आवाज हो और वह टट्टू की रास खींचे। जैसे ही पल्लू बन्द होने की आवाज हुई? उसने रास खींची। और टट्टू ने गरदन झटकारी। स्मिथ की इतनी मुस्तैदी देखकर डेविड एक क्षण को चकराया भी तथा हतप्रभ भी हुआ। इस बीच हर्स अहाते के सिरे पर अमलतास के गाछ के नीचे लगभग जाती दिखलाई दी और यही बात डेविड को बुरी लगी।

—स्मिथ !

वैसे स्मिथ अपनी हर्स के साथ जा अवश्य रहा था पर उसने अपने कान पीछे की ओर काफी लम्बे कर रखे थे। डेविड के चीखने पर उसने लगाम खींची और अर्ध मुड़े टाँग पर पीछे की ओर देखा।

—ऐसी भी क्या हायतोबा है? जरा लोगों को भी साथ में हो लेने दो।

—रेल का फाटक बन्द हो जाएगा।

डेविड को स्मिथ का तर्क करना जबान लड़ाने की तरह लगा। उसने अपनी घड़ी देखते हुए कहा—

—तुमसे ज्यादा हमें मालूम है कि जनता एक्सप्रेस के लिए कब फाटक बन्द होता है।

और स्मिथ की बात ही सच निकली। लीडर रोड के मोड़ पर ही रेलवे-फाटक के बन्द होने की घण्टी सुनाई पड़ रही थी। न हर्स, न रिक्शों—किसी के लिए भी क्रास कर सकना सम्भव नहीं था। इस स्थिति से डेविड को खासी उलझन हुई पर अपने को हेय भी नहीं होने देना चाहता था, इसलिए बोला—

—स्मिथ! जैसे ही फाटक खुले सीधे चर्च आओ, मैं चलता हूँ।

भला डेविड की इस मूर्खतापूर्ण बात का वह क्या जवाब दे? क्या डेविड का

खयाल है कि फाटक खुल जाने के बाद भी स्मिथ यहीं खड़ा रहेगा? स्मिथ मन-ही-मन हँसा और बीड़ी निकाली। सामने दूरी पर पानी की टंकी तथा छोटा बिजली-घर सड़क के सघन कदम्बों में चिलबिल कर रहे थे। बायीं ओर सिगनल केबिन के पीछे मिलिट्री इंजीनयिरिंग पार्क की लाल इमारत सदा की भाँति मौन थी। केबिन से सटे वाच-पोस्ट की छतरी वीरान थी, दूर दो-चार माल के डिब्बे उपेक्षित-से खड़े हुए थे। वैसे अब यहाँ से मुश्किल से दो ही मिनट का तो रास्ता था, पर फाटक ने बन्द होकर यह दूरी ही बारह मिनट की कर दी थी। केबिन से घण्टी टुनटुनाने की आवाज आ रही थी। उसकी खिड़कियों के पीछे दो-एक सिर दिखलाई दे रहे थे। पीछे की ओर मोटरों-रिक्शों की भीड़ जमा हो रही थी तथा अच्छा-खासा कोलाहल इकट्ठा हो गया था।

दाहिने हाथ वाले सँकरे रास्ते तथा चकरी वाले रास्ते से साइकिल वाले तथा पैदल आ-जा रहे थे। उस भीड़ में डेविड की नीली कमीज तथा कम बालों के कारण हलकी झलकती उसकी काली-काली चाँद बड़ी हास्यास्पद लग रही थी।

साथ चलने वाले रिक्शों की संख्या आठ-दस हो गयी थी। मेगी जिस रिक्शे में थी उसमें इंजिन-ड्राइवर की पत्नी और उसके दोनों बच्चे भी थे। लीजी की सास के साथ डॉक्टर उनियाल की पत्नी तथा लड़की थी। माँ-बेटी ने दो-तिहाई से अधिक रिक्शा छेंक लिया था इसलिए बेचारी सास के लिए बैठना मुश्किल हो रहा था। गौर से देखने पर लगता था कि माँ-बेटी दोनों क्रमशः फैलती जा रही हैं और सास यथाक्रम सिकुड़ती जा रही है। और मजा यह कि डॉक्टर की पत्नी यह सब इतने धार्मिक वातावरण में कर रही थी कि बस, हाथ की माला जोरों से घुमाते हुए ओठ चलाती जा रही थी। यद्यपि वह माला फेरने में निमग्न थी पर लगता था कि वह लीजी की सास से बातें करने का अवसर खोज रही है। श्री ल्यूक के साथ चार्ली और मेगी के दोनों बच्चे बैठे थे। अवसर की गम्भीरता देखते हुए तथा चूँकि आज सोमवार भी था और उन्हें अखबार के सम्पादकों को उनकी साप्ताहिक गलतियों की सूची देने भी जाना था इसलिए कोट पहनकर आये थे और रह-रहकर गलतियों की लिस्ट को पढ़ने और सोचने में डूबे हुए थे। फ्रेडरिक एक रिक्शे में अपनी टाइपिस्ट गर्ल-फ्रेण्ड के साथ था। वे दोनों इसी तैयारी से साथ में थे कि कब्रिस्तान के बाद वे निश्चय ही सिविल लाइंस के रेस्टोरेण्ट में बैठकर कॉफी पिएँगे। उन्हें देखकर कोई भी कह सकता था कि वे किसी के विवाह में सम्मिलित होने जा रहे हैं। डेरिक, रोडवेज में काम करने वाले क्लीनर हेक्टर की साइकिल पर आगे डण्डे पर बैठा हुआ ऐसा ही लग रहा था जैसे हेक्टर उसे भगाये ले जा रहा है। डेरिक की इस नगण्य स्थिति का एक कारण यह भी था कि वह अपनी पत्नी के दुःख में रो नहीं रहा था इसलिए दुःख उसके पोर-पोर में खाली हवा के बुल्ले-सा घूम रहा था। फलतः उसे अपने भीतर एक घूमता हुआ फोड़ा लिपझिप करता लग रहा था। पर देखने

वाले के लिए तो वह रोज का-सा ही नरम ककड़ियों की हड्डियों वाला तथा कूबड़ वाला डेरिक था जो कि पेट पर नहीं बल्कि कूल्हे की हड्डियों पर पैण्ट बाँधता नहीं बल्कि लटका लेता है।

जिस समय चर्च के पोर्च में हर्स घुसी, पादरी डिसूजा अपने कामदार काले चोगे में एक हाथ में पोथी तथा दूसरे में पवित्र जल छींटने वाला पात्र लिये खड़े थे। डेविड चर्च की सीढ़ियों पर ही था अतएव हर्स के पहुँचते ही उसने पल्ला खोलकर काफिन खींची और दूसरों ने भी हाथ लगाया। काफिन तथा उपस्थितों पर मन्त्र पढ़ते हुए पादरी ने जल छींटा तथा अन्तिम प्रार्थना के लिए लीजी को चर्च में ले जाने के लिए पादरी आगे हो गया। पादरी की प्रार्थना अस्फुट थी पर चर्च के हाल में उसकी अनुगूँज आ रही थी। चर्च की पवित्र विशाल मेहराब के सामने काफिन के लिए अस्थायी बनायी गयी वेदी पर काफिन रख दी गयी। प्रार्थना लोगों के दबे कण्ठों में गहरा रही थी क्योंकि प्रार्थना की अनुगूँज, जो पहले हाल में थी, अब उपस्थितों के भीतर भी उठ रही थी। विशाल मेहराबों में रखी सन्तों और देवी-देवताओं की प्रतिमाएँ लाल कपड़ों से ढँकी हुई थीं पर वातावरण में झील के भीतर का-सा ठहराव था। दाहिनी ओर की खिड़कियों से लम्बी तिरछी धूप भी आ रही थी; साथ ही पल्लों में लगे रंगीन शीशों के टुकड़ों की नानावर्णिता भी मुखर थी। पादरी डिसूजा काफिन के चारों ओर घूमकर, घुटने मोड़कर अन्तिम प्रार्थना-संस्कार करवा रहे थे। पेज-ब्वाय तथा केयर-टेकर डेविड कभी उन्हें प्रार्थना-पोथी, कभी जल-पात्र, कभी चेन में झूलता धूप-पात्र देते और पादरी पवित्र मन्त्रों, गन्ध तथा जल से लीजी की आत्मा के लिए प्रार्थना कर रहे थे। अपनी-अपनी सीटों पर बैठे हुए घुटने मोड़कर मृत व्यक्ति के लिए सारे उपस्थित प्रार्थना में लीन थे। केवल प्रवचन मंच पालिश की हुई लकड़ी अपनी सारी क्लासिकीय नक्काशी में गर्वोन्नत लग रही थी। शेष सबके सिर प्रभु से मृतक की आत्मा की शान्ति की भिक्षा माँगने में नत थे।

और जब कब्रिस्तान के लिए हर्स तथा रिक्शे उस बड़ी सड़क पर आये जिस पर कि छायादार पीपल अपनी चिकनी पत्तियाँ हिलाते, बजाते खड़े थे, तो सवेरे की कोलाहलहीन सड़क बड़ी क्षितिज-खिंची लगी। वैसे दूर एक कोने में ही जरा-सा क्षितिज था, बाकी के आकाश में या तो हाईकोर्ट की विशाल पथरीली इमारत अपने गाथिक गुम्बद के साथ खड़ी थी या फिर सघन इमलियों, नीमों तथा चार-छह ताड़ों के कारण वह कान्तार—वन लग रहा था। इतने निर्जन वातावरण में धूप में चमकती सड़क पर आगे-आगे चलती हर्स ने अपने काले रंग के कारण, जो कि धूप में निखर आया था, देखने वालों तक के मन में सांसारिक असारता का प्रभाव उत्पन्न कर दिया था। लेकिन साथ चलने वालों में जमे कफ की तरह उनके भीतर रिक्तता थी। उनके लिए प्रतिक्रिया भी जैसे पहनने की कोई चीज हो और जिसे वे घर पर ही भूल आये थे। पूरा जुलूस एक थके राग-सा सड़क पर घिसटता-सा लग रहा था।

...चाहे वह शोभा-यात्रा हो, या शव-यात्रा हो, उसके लिए हर चीज, व्यक्ति, पेड़, मकान और तो और आवारा कुत्ते तक मार्ग देने लगते हैं। लगता है कि अभी-अभी ये सब सड़क पर कैसी भीड़ लगाये हुए थे पर इस समय कैसे ये सब इस अद्वितीय क्षण को अपने में गुजर जाने दे रहे हैं ! ऐसी यात्राओं को लोग आश्चर्य से देखकर अनायास ही महत्त्वपूर्ण बना देते हैं। वैसे बिना विशिष्ट हुए न लोग न चीजें--कोई भी तो न मार्ग ही देते हैं न आश्चर्यित ही होते हैं। बड़े लोगों के लिए विशिष्ट होने के अनेक अवसर होते हैं पर साधारण व्यक्ति प्रायः मरकर ही कुछ क्षण को विशिष्टता प्राप्त कर पाते हैं। लीजी को जीवन भर भले ही अहाते के बाहर किसी ने न जाना हो पर इस समय न सही लीजी पर उसकी मृत्यु, न केवल विशिष्ट ही लग रही थी बल्कि गम्भीर भी; इसलिए शवयात्रा, एक लम्बे मौन क्षण की भाँति सड़क तथा देखने वालों के बीच से गुजर रही थी।

आँख के अस्पताल के पास हर्स मुड़कर क्लाइव रोड पर आयी, जिसके सिरे पर राजापुर वाला कब्रिस्तान था। पूरे रास्ते-भर लोग सोचना और बोलना अपने में लिये अपना पाथरत्व ढोते बैठे रहे। कोई भी कह सकता था कि लीजी के शव की अपेक्षा साथ आये लोगों को कब्रिस्तान पहुँचने की जल्दी थी। जैसे अपने भीतर एक-एक लीजी का शव उठाये हुए वे थक गये हैं और मृत्यु के उस एकान्त बोझ को कब्रिस्तान को सौंपकर पूरी साँस लेना चाहता हों।

कब्रिस्तान के प्रमुख द्वार के गलियारे में ट्राली के पास पवित्र-जल के पात्र तथा प्रार्थना-पुस्तक के साथ पादरी डिसूजा पहले से ही मौजूद थे। काफिन ट्राली पर रख दी गयी। और जब आरम्भिक कार्यवाही समाप्त हुई तो कब्र तक की अन्तिम यात्रा के लिए सामूहिक प्रार्थना शुरू हुई। समूह छोटा ही था पर प्रार्थना में वैराट्य था :

ओ महिमामयी जगज्जननी मेरी!
तुम्हारी जय हो!!
नारियों में श्रेष्ठ ओ जगदम्बे!
तुम प्रभु-प्रिया हो।
तुम्हारी देह का दिव्य-फल ईसा भी
उतना ही पवित्र है।
ओ देव-जननि पवित्र माँ!
हमारे लिए प्रार्थना करो।
कम से कम मृत्यु-जैसे अवसर पर
प्रार्थना करो।
ओ महिमामयी जगज्जननी मेरी!
तुम्हारी जय हो!!

सवेरे की प्रशस्त हवा में स्त्रियों के रंगीन रूमाल तथा लड़कियों के नानावर्णी रिबन काँपे पड़ रहे थे। प्रार्थना करती डॉक्टर की पत्नी जाने क्यों बेहोश होती-सी लग रही थी। प्रार्थना-स्वरों में फ्रेडरिक की प्रेमिका का अनावश्यक पतला स्वर अलग लग रहा था। उसका न केवल नीला रूमाल ही विशिष्ट था बल्कि उसके कपड़ों से सेण्ट की तेज गन्ध साथ चलने वालों को एक क्षण को चौंका रही थी। डॉक्टर उनियाल कितनी प्रार्थना कर रहा था और डीजी को उठाये कितने दुःख में था, कह सकना स्वयं उसके लिए भी कठिन था। श्री ल्यूक हमेशा की तरह पसीने से लथपथ तथा देखने वालों के मन में अपने लिए करुणा उत्पन्न करने वाली चौड़ी टाँगों की भारी-भारी चाल से सबके पीछे चल रहे थे। मेगी अवश्य अपनी खूब रोयी आँखों को इतने खुलेपन से बचाने के लिए लगभग मुँह ढाँके चल रही थी। लीजी की सास घिसी एड़ी की सैण्डिलों में किंचित् लचकती हुई चल रही थी। वह आज स्पष्टतः प्रार्थना करती ही लग रही थी क्योंकि अब लीजी और उसके बीच सास-बहू का सम्बन्ध नहीं रह गया था बल्कि एक जीवित ईसाई का मृत ईसाई के प्रति अन्तिम कर्तव्य शेष था और जिसे वह अनपेक्षित रूप से गरिमा के साथ पूरा कर रही थी। इंजिन-ड्राइवर की पत्नी अवश्य अपने तथा अपने बच्चों के कपड़ों को लोगों के पैरों से उड़ी धूल से बचाने के लिए कभी आगे कभी पीछे इस तरह चल रही थी कि किसी का ध्यान भी न जाय और वह अवसर की गम्भीरता के प्रतिकूल भी न लगे।

कब्रिस्तान में गुलमोहर, अमलतास तथा अशोक के ही पेड़ थे। पतले सँकरे पथ के दोनों ओर अमीर, साधारण और गरीब कब्रें लेटी हुई थीं। कुछ संगमरमर की, कुछ नक्काशित पत्थरों की तथा अधिकांश गोबर-लिपी थीं। कुछ पर पंख वाले दैवी शिशु, धारीदार डैनोंवाले पौराणिक पक्षी तथा कुछ पर कलात्मक क्रास खड़े थे। इनमें दबे व्यक्ति सुन्दर कलात्मक अक्षरों में अभी तक अपनी सांसारिकता घोषित करते लेटे हुए थे जब कि अधिकांश कब्रों पर मासूम छोटे-छोटे क्रास खड़े थे। ऐसी कब्रें केवल उनके सम्बन्धियों के लिए ही बोधित थीं, शेष के लिए तो वे अनाम, कब्रें मात्र थीं। कहीं-कहीं ताजी तैयार कब्रों पर कैनवस तना हुआ था। यहाँ-वहाँ क्यारियों में सभी तरह के फूल खिले थे। कब्रिस्तान के रोमन कैथोलिक वाले हिस्से में बिलकुल कोने में एक तरफ लीजी की कब्र पर लकड़ी के पटिये तथा निवाड़ की पट्टियाँ तक तैयार थीं। जैसे ही काफिन कब्र के समानान्तर ले जाकर रखी गयी, पादरी ने अपनी प्रार्थना-पुस्तक से पढ़ना शुरू कर दिया। जब प्रार्थना समाप्त हुई तो निवाड़ के सहारे काफिन को नीचे उतारा गया। पादरी ने अब बिलकुल अन्तिम बार के लिए जल छिड़का तथा सामूहिक प्रार्थना इस बार अधिक स्पष्ट तथा करुणापूर्ण ढंग से शुरू हुई :

ओ महिमामयी जगज्जननी मेरी!
तुम्हारी जय हो!!

और डेविड को लगा कि पादरी साहब भी लोगों के साथ सम्भवतः प्रार्थना करते हुए समय के प्रति जागरूक नहीं हैं; इसलिए बीच प्रार्थना में ही उसने लीजी को मिट्टी देने के लिए पादरी की ओर मिट्टी बढ़ा दी। और प्रार्थना के स्वरों के बीच जब पादरी ने शव को मिट्टी दी तो लोगों ने भी मिट्टी हाथ में ली और धीरे-धीरे काफिन की लकड़ी पर पहले बारीक ककड़ियों का फैला-फैला-सा स्वर आया, उसके बाद जैसे-जैसे मिट्टी अधिक फेंकी जाने लगी तो काफिन की लकड़ी खटखट कर उठी। और जब डेविड ने कब्र खोदनेवालों को कब्र मूँदने का संकेत किया और जब फावड़ों से मिट्टी के बड़े-बड़े ढेले गिरने शुरू हुए तो काफिन की लकड़ी भट-भट बोलने लगी। फावड़े से हर बार मिट्टी गिरती और कब्र की गहराई में श्रीमती लीसा ल्यूक के चमकते अक्षर तथा चमकता क्रास हमेशा के लिए दफन हो रहे थे। धूल का गुबार न केवल कब्र ही में बल्कि ऊपर भी खासा घिर गया था। गुलमुहर और अमलतास के फूल फूटने-फूटने को ही थे। वैसे किसी का ध्यान नहीं गया था पर सेमल की खोखलें टूट-टूटकर गिर रही थीं, फलतः रुई के गाले झर-झर हवा में तिर रहे थे। कब्र उड़ती धूल में डूबी हुई थी। लोग लौटे जा रहे थे पर शायद उस धूल में अभी भी कब्र के निकट डेरिक और डॉक्टर खड़े थे।

एक इतिश्री

यह बहुत ही अच्छा हुआ था कि हम लोग अपने प्रेम सम्बन्धों की लगभग इतिश्री कर चुके थे। दोनों ही नहीं जानते थे कि प्रेम को बनाये रखने से अधिक आसान उसे शेष कर देना होता है। सविता और मैं आरम्भ होते जाड़े के सुख को भोगते हुए वाइ. डब्ल्यू. सी. ए. के लाउंज में बैठे चाय की सुखद प्रतीक्षा कर रहे थे। कहा जा सकता है कि उन्मुक्तता का परितोष हम दोनों की आँखों में रहा होगा। मेरी आँखों में भी अवश्य वह था, इसे इसलिए जान सक रहा था कि सविता मुझे जिस तरह से देखे जा रही थी उसमें एक उत्सुक दर्शक की रुचि स्पष्ट दिख रही थी। वह शायद मुझे देख कम ही रही थी, बाँच अधिक रही थी, जबकि इसके विपरीत उसकी आँखों में तुष्टि थी। इससे अधिक वह बन्द मुट्ठी ही बनी रही। यह तो नहीं कर सकता कि मैं पूरी तरह हताश ही हुआ पर सविता अधिक सफल रही है, ऐसा लगता रहा। सम्भवतः इसी कारण मेरी अपनी अधिकांश तुष्टि का अपहरण भी हुआ। मुझे खीझ इसी बात पर हो रही थी कि वह अब भी, जबकि हम अपने सम्बन्धों की इतिश्री कर चुके हैं, अपने को अधिक चतुर सिद्ध करने में लगी हुई थी। वैसे तो वह लान-चेयर पर मात्र विश्राम करते भाव से ऐसे बैठी थी जैसे वह अपने किसी मातहत की वैयक्तिक कठिनाइयों को बड़ी मानवीय उदारता एवं पद की श्रेष्ठंता के साथ छद्म दर्प से सुन रही हो, पर मुझे आपत्तिजनक लग रहा था। यद्यपि सविता सदा ऐसे ही बैठती रही है और आज के पहले कभी मुझे आपत्तिजनक भी नहीं लगा, बल्कि कहना चाहिए कि स्मृति में वह सदा इसी प्रिय मुद्रा में स्मरण आती रही है, लेकिन आज इस बैठने का बोझ मुझे ऐसा लग रहा था, जैसे वह मुझ पर हो (वह लान चेयर मैं हूँ।)

—सविता ! तो, अब?

मेरी इस बात पर वह किंचित् भी नहीं चौंकी। मुझे आशा थी कि प्रेम-सम्बन्धों की इतिश्री के बाद लगभग पन्द्रह मिनट की चुप्पी के उपरान्त मेरा यह पहला प्रश्न था, और वह चौंकेगी। जिस जँगले से धूप लाउंज के पुराने कालीन पर गिर रही थी वहाँ लौटने के पूर्व जो एक लम्बा ठहराव आता है, धूप उसी ठहराव पर आकर रुकी हुई थी। अधिक धूप न होते हुए भी आलोक काफी था, फलस्वरूप कालीन

पर हम अपनी धुँधली छायाएँ स्पष्ट देख सकते थे। सविता ने इस मौसम में, ख़ासकर आज के दिन अपनी भूषा के लिए वासन्ती रंग क्यों चुना था, नहीं कह सकता पर वह उसकी त्वचा के रंग के साथ धुल गया था। उसने जिस तरह इस रंग को पहन रखा था उससे स्पष्ट था कि वह इसके प्रति सजग ही नहीं, अतिरिक्त प्रबुद्ध है। वह बोली–

–तो, अब चाय पीं जाए।

सविता की बात के निर्द्वन्द्वपन में उतना नहीं बल्कि उच्चारण के ढंग में आपत्ति से कहीं अधिक खिल्ली उड़ाने का भाव था कि क्या हम ही वे दोनों हैं जिन्हें उतना अधिक प्रेम था जितना कि सुना जाता है?

–चाय? अतीत के अपने सम्बन्धों की याद में?

–वैसे बुरा भी नहीं होगा दिवाकर! पर उसके लिए इतनी जल्दबाज़ी की क्या ज़रूरत है? बेचारे को कम-से-कम एक दिन का तो अतीत हो जाने दो।

–उससे क्या होगा?

–यही कि जो जितना पुराना अतीत होता है वह उतना ही पुराने अचार की भाँति मूल्यवान होता है। उसकी याद में हमें डिनर और भोजों का आयोजन करके सिद्ध करना होता है कि वह कितना मूल्यवान था। किसी पहाड़ी डाक बँगले में जाकर घाटियों में भरते बादलों को देखकर तुम अपनी डायरी में जरूर ही लिखोगे कि–"वि–तुम मेरे निर्माण में टूट गयीं। एक पारिजात मेरी पूजा में अनायास चढ़ा दिया गया। मैं ऐसी पूजा को बराबर अस्वीकारना चाहता रहा पर मेरे ओठों पर शिल्पी ने शिला रख दी थी...ओ तुम!!"

बात समाप्त कर वह हँसने जा रही थी कि चाय लेकर वही नौकरानी आयी जो मुझे पोर्च में खड़ा कर बड़ी बेमन से मेरी चिट ले गयी थी। उसके उस तरह ले जाने से मैं इतना आहत हुआ था कि यदि सविता से मिलना जरूरी न होता तो मैं कामना करता कि वह चिट ले जाने से साफ मुकर जाए। अपने पूरे हाव-भाव एवं मुद्रा से वह किसी मठ की खूसट भिक्षुणी ही अधिक लग रही थी। उसकी दृष्टि में आरम्भ से ही जो कठोरता थी वह इस समय तक भी थी। लगता था कि वह पलकें झपकाने में विश्वास नहीं करती। उसमें कठोरता के साथ-साथ तीक्ष्ण उपेक्षा थी, न केवल मेरे ही लिए बल्कि हर दिखाई पड़ने वाली वस्तु एवं व्यक्ति के लिए। ट्रे रखकर लौटते हुए उसने जिस वितृष्णा से देखा उसमें मैं वह गन्दी मक्खी हो उठा था जो किसी पकवान पर मँडरा रहा था।

वह बोली–

–सविता! तुम्हें कन्सर्ट के लिए जाना है, याद है न?

–हाँ, मुझे अच्छी तरह याद है।

–और सार्जेण्ट कोरा के आने का समय?

—न केवल समय ही बल्कि गुलाबी फूलों वाली जो साड़ी तुमने मेरे लिए निकालकर रखी है, उसकी भी याद है—क्या तुम अब सन्तुष्ट हो? स्पष्ट था कि सविता, नौकरानी के खूसटपन पर सहसा झल्ला आयी थी। वैसे नौकरानी ने झल्लाने वाली तो कोई बात नहीं की थी, जब कि इस तरह की बातें हम लोगों के बीच में जरूर हुई थीं, पर उस समय हर बार वह लिपस्टिक की तरह मुसकराना ओठों से सहेजे रही थी। वह तो सविता ने चाय ढालनी शुरू कर दी थी और चाय के गिरने का हलका-सा शब्द उभर आया था, वरना वह नौकरानी कुछ और भी कहना चाह रही थी। यह उसके व्यक्तित्व से ही लगता था कि किसी भी बात पर वह घण्टों न केवल बोल ही, बल्कि झगड़ भी सकती थी। उसके लौट जाने पर मुझे कप देते हुए सविता ने जिस तरह साँस ली उसमें बोझहीनता का अनुभव था।

लाउंज की लम्बी खिड़की के पास बीच में टेबुल किये हम दोनों चाय पीते निश्चिन्तता का स्वाँग किये बैठे रहे, जैसे हम किसी अन्य का बैठना कर रहे हों। यदि किसी तीसरे ने हमें इस तरह देखा होता तो उसे गहरी ईर्ष्या होती, क्योंकि ऐसे बैठने में समरसता का बोध होता है। लेकिन कुल मिलाकर हमारा यहाँ इस तरह बैठना बहुत अधिक किताबी था। इस बैठने की औपन्यासिकता में मात्र इतनी ही कमी थी कि यदि सविता खिड़की से हाथ निकालकर एक बार भी उसे अपने गालों की पुष्टता पर फेर लेती तो भले ही वह पूरे दृश्य की नहीं तो अंक की समाप्ति तो लग ही सकता था... बाहर हलकी हवा थी। अक्तूबर की हवाओं में बड़ा-सा सपना होता है। शाम शुरू हो रही थी। लान पर जाती हुई धूप में अनचक्की दो-एक तितलियाँ तैर रही थीं। लान के पार, झाड़ियों के पीछे बाहर का बड़ा-सा फाटक आभास दे रहा था। साथ ही कुछ साड़ियों के रंग टूटे-टूटे दीख रहे थे और स्त्रियों के खिलखिलाने का लालचीपन भी था। वैसे इस समय लाउंज में बैठना अधिक सुखद नहीं था क्योंकि दीवारें प्रायः अँधेरा थामे हुए थीं, चाहे खिड़कियाँ हों, पर लगता है कि दीवारें अपने में अँधेरा छिपाये रहती हैं। दूर एक टेबुल पर अस्त-व्यस्त पत्रिकाएँ अवश्य इस खालीपन में सजीव होने की चेष्टा कर रही थीं। फर्नीचर इतनी विभिन्न किस्म का था कि लाउंज को किसी अजायबघर का एक कोना कहा जा सकता था। हवाई जहाज की किसी कम्पनी-द्वारा प्रदान किया गया संसार का एक बड़ा-सा वैमानिक चित्र अलबत्ता अकेला ऐसा था जो वहाँ के बिखराव को अन्तिम रूप से टूटने से रोके हुए था। यह सब मैं तभी देख चुका था जिस समय मुझे यहाँ सविता की प्रतीक्षा के लिए बैठाकर नौकरानी गयी थी।

इस समय तो मैं सविता को चाय पीते देख रहा हूँ और सोच रहा हूँ कि देखें इस बार वह नौकरानी पर झल्लाने के बारे में स्पष्टीकरण के माध्यम से स्वतः कुछ बोलती है कि नहीं? या बिलकुल ही न बोलकर मुझे ही बोलने के लिए वैसे ही बाध्य करे जैसे बोलना भी पुरुष का ही कर्तव्य है उसी तर; जिस तरह, कि भले ही घूम

कर जाए पर पुरुष को ही मोटर का पल्ला खोलना होता है। लेकिन नहीं, इस तरह की बातें या अपेक्षाएँ तो सम्बन्धों को सूचित करती हैं और चूँकि अभी-अभी हमने प्रेम-सम्बन्धों की इतिश्री करके यह पहली सम्बन्धहीन चाय ली थी, असम्बन्धता अनुभव करते हुए उसने पूछा, बल्कि कहा जाए कि कहा—

—तुम्हारी ट्रेन कब जाती है?

—लेकिन आज तो मैं नहीं जा रहा हूँ।

—वह तो तुम शुरू में ही बता चुके हो।

—तब क्यों पूछा?

—सोचा कि अब तक तुम आज ही लौट जाने की सोच चुके होगे।...

लेकिन किसी दिन तो जाओगे ही, उस दिन का ट्रेन-टाइम क्या होगा?

—थोड़ी देर में तब तुम मौसम और महीने के बारे में पूछोगी न?

—इसके बाद।

मुझे आशा थी कि वह अपनी इस छोटी-सी जीत पर यदि हँसेगी नहीं तो मुसकराएगी जरूर! वह मुसकरायी भी पर उसमें जीत की खुशी का उतना भाव नहीं था। वह बोली—

—दिल्ली अभी भी वैसी ही है न?

—हाँ, क्यों?

—ऐसे ही पूछा। मैं रोज डरती हूँ कि कहीं दिल्ली न बदल जाय! दिल्ली है, इस विचार-मात्र से मुझे यह लगता है कि मैं भी हूँ।

उसकी आँखें हँस रही थीं, और इस बार वह फौवारे-सी फूट पड़ी। मैं जानता हूँ कि जब अपने को बहुत ज्यादा छिपाना होता है तो सविता उतने ही जोर से हँसने लगती है अन्यथा प्रायः तो उसका काम मुसकराने से ही चल जाता है। इस बीच वह गम्भीर हो गयी और ओठों में बुदबुदाने के ढंग पर बोलने लगी—

—दिवाकर! तुम मुझे किस फूल के साथ याद किया करोगे? वैसे, पारिजात बुरा नहीं रहेगा, पर क्या कोई और फूल मेरी स्मृति के साथ जोड़ सकना सम्भव नहीं होगा?... मेरा ख्याल है अभी सारे फूल आकुपाइड नहीं है।

—और तुम मुझे...

मैं बहुत तेज प्रहारात्मक बोल जाना चाहता था पर सविता ने अपनी ही तेजी से मुझे काटते हुए कहा—

—एट द मोस्ट आइ बिल रिमेम्बर देहली इन बन्च!!...बहुत कड़वी है क्या?

और इस बार सच ही वह ऐसी प्रसन्न थी कि जैसे उसके पास इक्के की ट्रेल आ गयी हो और वह उस पर सब-कुछ जीत सकती थी। मुझे पुनः जवाब देने के लिए उसने जिस बड़प्पन के साथ हाथ झिटकारते हुए कहा उसमें वह नर्सरी स्कूल की 'टीचर जी' ही अधिक लगी।

—हर बात का जवाब नहीं होता दिवाकर!...मानती हूँ कि बात कड़वी है, बट गल्प इट।

सविता ने चाय के बाद से उत्तेजनात्मक ढंग की बातें की हैं पर मुझे उससे सहानुभूति ही हुई। इसका कारण यह था कि सविता स्वयं तीन बार पहले धोखा खा चुकी थी और अब चौथी बार उसने प्रेम किया ही इसलिए था कि वह भी धोखा दे सके। लेकिन इसमें अच्छाई यह थी कि अपने इस मन्तव्य को उसने छिपाया भी नहीं, स्वयं मुझसे भी नहीं। लेकिन यह जानना ही हम दोनों के लिए एक अर्थ में घातक सिद्ध हुआ। यदि यह मान भी लिया जाए कि अपने प्रयास में वह सफल हुई तो यह भी उतना ही सत्य है कि वह हमेशा-हमेशा के लिए अब टूटने जा रही है। हमारे आपसी सम्बन्धों के दिनों में वह सदा इस बात पर तुली रही कि जल्द से जल्द परिणति का वह बिन्दु आ जाए और वह जल झाड़ते हुए फौवारे-सी उठ खड़ी हो। जब कि मैं उसे मिट्टी की तरह उसकी जड़ों को थामे रहना चाहता था ताकि उसके बाद भले ही वह छिटक बढ़ते हुए कितनी ही ऊँची फुनगी क्यों न बन जाए। और चूँकि हम दोनों एक-दूसरे के ढंग को जान गये थे इसलिए वह अपनी जड़ें सौंपने को तैयार नहीं थी और मैं छिटका जल बनने के लिए तैयार नहीं था।

मुझे वह शाम याद है और सविता को भी अवश्य ही याद होगी कि वह 'एयर फ्रांस' के सामने विज्ञापन की मुद्रा में खड़ी थी। दोनों हाथों से वह अपना नन्हा-सा बैग गोदी में थामे थी। किसी की प्रतीक्षा करती लग रही थी। वह उन दिनों अपने तीसरे प्रेम के चक्कर में थी, जिसके बारे में बाद में मजाक में कहा करती थी कि 'नाट फुल्ली आकुपाइड बट ए पोर्शन वाज आन रेण्ट।' तो उस समय लगभग चार बज रहे होंगे और वह घर जाने के लिए किसी टैक्सी की राह देख रही थी। प्रायः दिल्ली में अपराह्न का समय स्त्रियों के बाजार करने का समय होता है। शामें तो स्ट्राल करने के लिए होती हैं। 'बिना किसी एंगेजमेण्ट के किसी शाम की कल्पना से ही मुझे मूर्छा आ सकती है, दिवाकर।'—तो यह मेरी ओर से सविता का पहला साक्षात् था। सचमुच का परिचय तो इतने साधारण ढंग से हुआ था कि उसे लेकर कोई भी स्मृति बना सकना मेरे लिए सम्भव न हुआ इसलिए इस साक्षात् वाले दिन पर ही मेरी स्मृति बारम्बार टिक जाती है।—एक दिन मैं 'काटेज एम्पोरियम' में किसी के साथ गया हुआ था। शो-केस की एक साड़ी का हरापन पहली बार अच्छा लगा। वैसे हरा रंग देखकर मुझे उसी तरह मतली आती है जैसे कि पीला रंग देखकर सिर दुखने लगता है। पर उस हरेपन में एक ऐसी बोलती हुई कोमलता थी जो स्पर्श चाहती-सी लग रही थी। तभी पीछे से स्वर सुनाई दिया—

—बहुत गौर से देख रहे हैं।

मैं चौंका और देखा कि स्लीवलेस में, आद्यन्त मयूरी रंग धारे सविता अपनी विज्ञापनवाली परिचित मुद्रा में खड़ी थी।

—ऐसे ही।

—किसके लिए खरीद रहे हैं यह?

इस प्रश्न ने बिना किसी के चाहे ही एक-दूसरे के सामने अनेक वैयक्तिक दूरियाँ पार करने के लिए एक रिश्ता कायम कर दिया।...मित्र का साथ छोड़कर मैं और सविता सामने के वोलगा में चले गये। मैंने पाया कि वह न केवल अपने बाह्य को ही वरन् अन्तर को भी आकर्षक रूप में प्रस्तुत करने में पटु है। वह धुलेपन का बहुत अच्छा आभास देती है। दिल्ली की गतिशीलता न केवल वहाँ के व्यक्तियों के बाह्य में ही है बल्कि उनकी निपट आन्तरिक भाव-भंगिमा में भी यह तेजी देखी जा सकती है। यहाँ हर व्यक्ति, हर चीज तथा उनके दुर्गुण सभी कुछ क्षिप्र हैं। सविता ने मुझे अनायास ही लिया था पर एक बार ले लेने के बाद हमारे सोचने के पूर्व ही हम काफी दूरी पार कर चुके थे। दिल्ली की हर चीज पर यहाँ मीटर लगा है और लोग बाध्य हैं अपने मूल्य की यात्रा करने के लिए। थोड़े से समय में ही हम एक-दूसरे को तौल चुके थे वाक्यों से, स्थितियों से बल्कि कहना चाहिए जेबों तक से। लेकिन यह भी सही है कि हम अपनी वास्तविकताओं से सर्वथा अपरिचित थे। इसका पहला प्रमाण जब सामने आया तब मुझे आश्चर्य ही हुआ था, परिताप उसे नहीं कह सकता।

घटना कुतुब-मीनार की है। सबसे ऊपर पहुँचकर 'दिल्ली में' के बजाय 'दिल्ली पर' होने के भाव-मात्र से मुझे बड़ा सुख हुआ था। चारों ओर के क्षितिज में दिल्ली भरी हुई थी जिस पर दो-एक विमान भुनभुनाते उड़ रहे थे। सविता बड़ी देर तक नीचे झाँकती रही, उपरान्त बोली—

—यहाँ से कूद जाऊँ तो तुम क्या करोगे?

—घर लौट जाऊँगा।

उत्तर देकर मैं स्वयं अवाक् हुआ था पर सुनकर वह किंचित् भी नहीं।

—घर लौटकर क्या करोगे? डायरी लिखने बैठ जाओगे?

—नहीं, पहले एक ताजमहल खरीदकर कमरे में सजाऊँगा।

—बनवाओगे नहीं?

—जब बना-बनाया मिल सकता है तब ओरिजिनल बनवाने में क्या तुक है? मेरी जगह अगर शाहजहाँ भी आज होते तो यही करते।

वैसे हम दोनों हँस पड़े। शायद काफी देर तक हँसते भी रहे पर यह पहली घटना थी जो हम दोनों ने स्पष्ट रूप से अनुभव की। यद्यपि अपराध-भाव मुझमें था इसलिए सविता कहती तो मैं दोष स्वीकार भी लेता, पर वह इस बीच प्रदर्शनी देखने वाली आँखों से मुझे देखने लगी थी।

आज मैं कह सकता हूँ बल्कि सविता साक्षी है कि हम लोग प्रत्येक ऐसे मार्मिक क्षण या स्थल पर, जबकि किसी एक ने दूसरे के सामने पूरी ईमानदारी बरती होगी तभी दूसरे के मन में तत्क्षण सन्देह हुआ होगा। फलतः आधी अस्वीकृति एवं आधी स्वीकृति लिये आज यहाँ पहुँचे हैं कि अपने प्रेम की इतिश्री कर चुके हैं तथा विदा होने के पूर्व की चाय तक पी चुके हैं!

सविता जिस घटना को अनेक बार दोहरा चुकी है उसे मैं केवल यही मानता हूँ कि वह कुतुब-मीनार वाली मेरी बात का जवाब थी। वैसे मुझे आज भी सविता के इस कथन में कोई झूठ नहीं दिखाई देता कि उसने ओखला वाली इस घटना के दिन जान-बूझकर मुझे ऐसा उत्तर नहीं दिया था। उस दिन हम लोग ओखला पिकनिक के लिए (पर) गये हुए थे। किनारे के एक पेड़ के नीचे दरी बिछाये तथा पूरा ताम-झाम फैलाये सविता ग्रामोफोन पर पंकज का रेकार्ड 'ये रातें, ये मौसम, ये हँसना-हँसाना' बजाते हुए सहज लग रही थी। वह अकेले खिले फूल-सी सुलग रही थी। मुझे नहाने के लिए तैयार देख, बोली–

–तुम इस समय ग्रीक स्टेच्यू लगते हो।

मैंने हँसते हुए कहा–

–तुम भी तो नहाने की तैयारी से आयी हो। मैं तो स्टेच्यू लग रहा हूँ पर तुम साक्षात् वीनस लगोगी। चलो उठो।

–ना बाबा! यहाँ बहाव बहुत तेज है, बह जाने का डर है।

–लेकिन ऐसा डर तो किसी के लिए भी हो सकता है?

–हाँ, लेकिन किसी दूसरे का बह जाना क्या मेरा अपना होगा? कहने को वह कह गयी और सुनने को मैं भी सुन गया पर अब दोनों को स्पष्ट था कि हमें अपने प्रेम का उतना विश्वास नहीं है जितना कि सन्दिग्धता की आश्वस्तता का।

कब, कैसे और क्यों सविता ने दिल्ली के बाहर नौकरी की, यह उसने बताना चाहा नहीं और मैं पूछकर याचित नहीं बनना चाहता था। लेकिन मुझे अच्छी तरह याद है कि उस दिन स्टेशन पर हमारे बीच पहली बार, और वह भी इतनी देर तक प्रेम तथा विश्वास का वातावरण बना रहा। बल्कि कहना चाहिए कि मूर्खों की तरह हम एक-दूसरे की बातें बिना विरोध मानते चले गये थे। जैसे यही कि मुझे देर तक नहीं सोना चाहिए, इससे पेट खराब रहता है। सविता को, कैसी ही लेडीज सिगरेट हो, नहीं पीनी चाहिए। औरतों का सिगरेट पीना मुझे बड़ा ही उत्तेजक लगता है। और आश्चर्य यह कि बरसों में हम एक-दूसरे को जितना कुछ न दे सके थे उस दिन प्लेटफार्म पर खड़े होकर मुसकराते हुए वह गहती रही और मैं आवेश में अपने हाथ हिलाते हुए थामता रहा। हमें तब शब्दों के आश्वासन की कोई आवश्यकता नहीं दिखलाई दी, क्योंकि सौंपने की अनुभूति दोनों ही ओर अनुभव हो जाती है। क्या सब-कुछ कहना ही होता है? ट्रेन चलने पर मुझे पहली बार लगा कि सविता

जा कब रही है बल्कि ज्यादा तो रही जा रही है पर मुझे वह कितना कुछ साथ में लेती गयी, इसकी प्रतीति उसने मुझे कभी नहीं होने दी।

'गल्प इट' कहकर वह हँसती रही। मैं बहुत-कुछ कड़वा कहना चाहता था पर संकोच यही था कि कल यही सविता स्मृति बनने को है, बल्कि जिसका स्मृति बनना शुरू भी हो चुका है, उसे ऐसी बात क्यों कहूँ जिससे स्मृति तक कड़वी लगने लगे, इसलिए बड़ी सहज बात मैंने कही–

–जब सिगरेट तुमने छोड़ दी है, सविता, तब यह धुएँ-जैसी कड़वी बात कैसे कह लेती हो?

लगा कि वह कुछ सकपकायी है। थोड़ी देर चुप रहकर उसने आभास दिया कि अपने होठों में वह कोई चीज रोके हुए है और जिसे वह झुठला ले जाने के लिए कृत-संकल्प होना चाहती है। खरगोश का एक बाल हवा में तैर कर चू पड़ा हो–की तरह उसका बोल फूटा–

–दिवाकर! क्या विदा एक छोटी-मोटी मृत्यु नहीं होती?

–हो, तो?

–कितना अच्छा होता कि हम ईसाई होते। तब मैं कनफेशन करती कि मैं तुम्हारे विश्वास की रक्षा न कर सकी।

–कौन से विश्वास की?

–यही कि तुमने सिगरेट न पीने के लिए कहा था और मैं ऐसा न कर सकी।

–यह बताने की आवश्यकता नहीं सविता! क्योंकि तुम्हारी उँगलियों का पीलापन बता रहा है कि काफी पीती रही हो।

–तो तुम पहले से ही समझ गये थे? एक कनफेशन भी किया और वह भी व्यर्थ गया...तुम तो अब देर तक नहीं ही सोते होगे।...वैसे सिर्फ पूछ रही हूँ, कनफेशन नहीं चाहती।

और सविता हँसते हुए उठ खड़ी हुई। स्पष्ट संकेत था कि अब और बैठना न हो सकेगा। उसने हाथ-घड़ी देखी। जाती हुई शाम जा चुकने के बिन्दु पर थी। मैं अब समझ गया था कि किसी उत्तर की किसी को भी अपेक्षा नहीं रह गयी थी। वह फिर बोली–

–दिवाकर! क्या हम कभी भी सच नहीं बोल सकते? क्या कनफेशन के समय भी नहीं?

मैं पूरी तरह असुविधा अनुभव कर रहा था, झल्लाते हुए बोला–

–तुम शायद वैसे कभी भूल से सच बोल भी जाओ पर कनफेशन के समय तो कभी नहीं बोल पाओगी।

लेकिन उसने मेरे झल्लाने की न केवल चिन्ता ही नहीं की बल्कि उपेक्षा की और बोली—

—दिवाकर! मुझे ऐसा लगता है कि व्यक्ति चाहे प्रेम भले ही सौम्यता से न करे, पर प्रेम की इतिश्री अवश्य पूरी औपचारिकता, सौम्यता के साथ होनी चाहिए। हम लोगों ने बड़ी जल्दबाजी की।

वह कुछ और भी कहती पर नौकरानी बरतन उठाने उसी अन्दाज से आती दिखाई दी। आते ही वह जिस प्रकार चाय के बरतन सहेज रही थी उसी तरह सविता ने भी वस्तुस्थिति को सहेजते हुए कहा—

—दिवाकर! तो, अब?

सविता के इस लहजे में मुझे ऊबते लहजे की ध्वनि सुनाई दी, अतएव मैंने सविता के लहजे में जवाब दिया—

—तो, अब चला जाय।

—तुम्हारी गाड़ी कब जाती है?

—तुम्हारा कन्सर्ट कब ख़त्म होगा?

—कन्सर्ट से तो आठ बजे लौट ही आऊँगी।

—मेरी गाड़ी भी साढ़े-दस के बाद ही जाती है।

—अच्छा...!!

और सविता ने एक बार फिर वैसा ही देखा जैसा उसने स्टेशन पर अपने को सौंपते हुए देखा था।...नौकरानी ने बत्ती जलाकर घिरती हुई शाम को ही नहीं बल्कि सविता और मुझे—दोनों को भी चौंका दिया!

अनबीता व्यतीत

डॉक्टर द्रविड़ जैसे व्यक्ति युद्धोपरान्त पीढ़ी में सम्भव ही नहीं, क्योंकि ऐसे लोग अपनी रुचि, दृष्टि एवं मान्यताओं में उन्नीसवीं शती के अधिक निकट होते हैं। बड़ी आसानी से इन्हें पश्च-विक्टोरियन युग के अवशेष कहा जा सकता है।

इकहरी देह-यष्टि के डॉक्टर द्रविड़ में शारीरिक विशेषता हो ही क्या सकती थी? आद्यन्त वह एक ग्रन्थवत् ही थे। उनके लिए विज्ञान 'कल्ट' नहीं था वरन् मात्र ज्ञान था। यद्यपि 'राकफेलर-वृत्ति' पर 'जीव और सृष्टि का विकास' जैसे तात्त्विक विषय पर बोलने के लिए वह न केवल 'काण्टिनेण्ट' ही बल्कि 'स्टेट्स' भी हो आये थे। अनेक अन्तर्राष्ट्रीय विशेषज्ञ-समितियों के वह सदस्य भी थे तथापि अपने अन्तर्मन में वह किसी अदृश्य विराट सत्ता के प्रति सादर भी थे।

डॉक्टर द्रविड़ प्रथम विश्व-युद्ध के दिनों की शैली में सिला 'थ्री-पीस' ही पहनते तथा 'अटैच्ड-कालर' एवं 'टाइ-पिन' का प्रयोग भी निस्संकोच करते थे। आज के 'इलेक्ट्रिक शेवर' के युग में 'मेड-इन-जर्मनी' का 'क्राप' उस्तरा बिना कोई असुविधा अनुभव किये रोज काम में लाते थे। सम्भवतः अपरोक्ष रूप से विक्टोरियन-युग की हर चीज को न सही पर अधिकांश को तो निश्चय ही, न सही प्रगतिशील पर उन्नतिशील तो स्वीकारते ही थे। इसलिए अपने युग के बाद की मान्यताओं के प्रति न सही आद्यन्त पर किंचित् सशंक तो रहते ही थे। औद्योगिक क्रान्ति का भी ऐतिहासिक महत्त्व उनके निकट था, कि इसका प्रभाव मानवीय सम्बन्धों पर अवश्य हुआ लेकिन इससे मानव में कोई गुणात्मक परिवर्तन हुआ हो यह स्वीकार सकना डॉक्टर द्रविड़ के लिए कठिन था। 'वेस्ट-एण्ड-वाच' की जेब-घड़ी गत चालीस वर्षों से उनके 'वेस्टकोट' में मय चेन के आज भी है तथा इसके लिए उन्हें कहीं भी या कभी भी हेयता अनुभव करने की आवश्यकता नहीं हुई।

वैसे डॉक्टर द्रविड़ यह बात भी अच्छी तरह जानते हैं कि प्रत्येक व्यक्ति आयु की एक सीमा तक ही बाह्य प्रभावों को अंगीकार कर पाता है। एक बार स्वत्व निर्मित हो जाने पर कैसा ही प्रभाव निरर्थक हो जाया करता है। ऐसी जड़ता, द्रव्यों

की घुलनशीलता का 'सेचुरेशन-प्वाइण्ट' कहलाती है लेकिन व्यक्तियों के सन्दर्भ में इसे ही स्वत्व कहते हैं। डॉक्टर द्रविड़ आयु की यह सीमा पार कर चुके थे। वैसे उल्लेखनीय रूप से वह नये विचारों के प्रति अनुदार या असहिष्णु नहीं थे। पर अपनी भूमि को मात्र पैरों से ही नहीं बल्कि अपने सम्पूर्ण स्वत्व से भी पकड़े रहने वाले व्यक्तियों में से थे। ऐसे व्यक्तियों के साथ एकमात्र कठिनाई यह होती है कि ऐसों को हठात् नहीं लिया या किया जा सकता। ऐसों की अस्वीकृति तक प्रामाणिक होती है। ऐसा यह लोग किसी अतिरिक्त चतुराई के कारण नहीं करते बल्कि यही इनके लिए सहज होता है। फलतः ऐसों का एक बोझ तो सामने वाले को अनुभव होता ही है। चूँकि डॉक्टर द्रविड़ अपने अनबोलेपन के कारण सामने वाले को ऐसे बोझ की प्रतीति नहीं होने देते थे, इसलिए लोग उन्हें सहज वहन कर लिया करते थे। कुशल यही थी कि अपनी मान्यताओं तक के बारे में ऐसी चर्चा करना जो कि आत्मश्लाघा लगे, इस बात से यह पीढ़ी प्रायः बचती रही है। अपनी युवा-पत्नी श्रीमती चारुलता द्रविड़ के सामने भी डॉक्टर द्रविड़ ने कभी यह नहीं कहा होगा कि वे यह मानते हैं और वह नहीं। बहुत हुआ होगा तो यही कि कभी खाना खाने के बाद पाइप पीते हुए चारु के वाद्य की सिम्फनी से किंचित् तन्मयता अनुभव करते हुए यदा-कदा कहा होगा कि मानवता उन्नीसवीं सदी के सुखद आलोक से बीसवीं सदी की चकाचौंधता एवं वैयक्तिक शान्ति से सामाजिक शोर की ओर ही बढ़ी है। निर्जनता, संकुलता होती गयी है। अपने छात्रों एवं इष्ट-मित्रों के सामने विज्ञान को ज्ञान एवं मानव-मूल्यों का एकमात्र शास्ता न मानना, आज के संगीत को शोर कहना, अमूर्त कला के प्रति उपेक्षा दिखाना तथा अस्तित्ववाद को ओछेपन का शास्त्र कहना भले ही विनम्रता से ही ये बातें कही गयी हों—यही प्रमाणित करता है कि डॉक्टर द्रविड़ अब चुक गये हैं। तात्पर्य यह कि एक्र अर्थ में उनका अपना अब स्वत्व है।

पर डॉक्टर द्रविड़ अभी आयु की उस संकट-सीमा तक नहीं पहुँचे थे जब कि नियमतः 'क्रुशन-साल्ट' लेना होता है अथवा हवाखोरी के लिए लम्बी दूरियों वाली सड़कों पर सवेरे-शाम जाना होता है। लेकिन उस युग की अनेक छोटी-मोटी मान्यताओं में से घूमने जाना भी एक मान्यता-सी ही रही है, फलतः रोज सवेरे-शाम नक्काशीदार 'काफी-स्टिक' के साथ हाईकोर्ट रोड पर वह प्रायः अकेले देखे जा सकते थे। विशेष अवसरों को छोड़कर वह कभी जिमखाना न गये होंगे, जबकि इसके विपरीत चारुलता के लिए जीमखाना एक अनिवार्यता थी। डॉक्टर द्रविड़ के अनुसार लोग कैसे ही क्यों न हों, वे या तो आपको विभाजित कर जाते हैं या अपना वह अंश दे जाते हैं जो आपके व्यक्तित्व से सदा टकराता रहता है। लेकिन चारु के निकट लोग वैसे ही अनिवार्यता थे जैसे नहाने के बाद टेल्कम-पाउडर अथवा यात्रा के लिए सस्ती एवं रोमांचक पत्र-पत्रिकाएँ। क्योंकि लोगों के होने में ही तो आपका होना बोधित होता है। स्वतः होना एक प्रकार की जड़ता है, विशिष्ट ढंग की ही सही,

पर है जड़ता ही। बिना दर्पण के कितनी वैसी-वैसी-सी उलझन होती है न, कि पता नहीं इस बीच आप में से जाने क्या-कितना-कुछ छूट गया हो, लेकिन दर्पण में अपने को यथावत् समग्र देख लेने पर कैसा गहरा परितोष होता है—बस, वैसा ही लोगों के होने पर होता है। लोग हमें धारे रहते हैं इसलिए हमें अपना कोई बोझ नहीं अनुभव होता है। कैसे झालरदार मलमल के फूले स्कर्ट की तरह हलकापन लगता है।

स्पष्टतः दोनों दो छोरों पर थे, फिर भी एक-दूसरे का मौन सम्मान वे करते थे। वैसे यह भी निश्चित ही था कि दोनों दो ही थे, किसी भी स्थिति में एक नहीं। तभी तो शाम को हवाखोरी में जिस दिन चारुलता भी साथ होती तब भी देखने वाला निस्संकोच कह सकता था कि डॉक्टर द्रविड़ नितान्त एकाकी हैं। कारण कि एकाकीपन कोई मुद्रा नहीं वरन् निजत्व की एक ऐसी अनुल्लंघनीय स्थिति होती है, जिसका न तो क़ोई अतिक्रमण ही कर सकता है और न ही किसी के साथ होने से कोई अन्तर पड़ता है। एकाकीपन में भी वैसी ही तेज गन्ध होती है जैसी कि हरे चम्पे में होती है। भले ही हवा न हो पर दूर ही से हरा चम्पा अपनी थक्केदार मादक गन्ध के साथ कैसे ही वातावरण में स्पष्ट बोलता-सा लगता है। गन्ध में वह षड्जवत् होता है। इसी प्रकार डॉक्टर द्रविड़ को भी दूर ही से देखकर कहा जा सकता था कि इस व्यक्ति के पास न केवल सुवासित कपड़ों और पाइप की तुर्की तम्बाकू की गन्ध ही होगी वरन् ऐसी गन्ध भी निश्चय ही होगी जो केवल विचारों की ही हुआ करती है। विचार न केवल अपने ढंग से गन्ध ही देते हैं। बल्कि अनबोलेपन में भी अभिव्यक्त होते रहते हैं। प्रत्येक अमूर्त अपने को इसी ढंग से अभिव्यक्त करता है। ऐसी अभिव्यक्ति को जानना होता है। वैसे विशिष्ट कपड़ों; सधी चाल एवं सटे दाँतवाली उच्चारणी 'कन्वेण्टीय' औपचारिकताएँ खाते-पीते घरों में प्रायः होती हैं पर उन्हें देखकर आपको अधिक से अधिक साबुन की गन्ध की ही अभिव्यक्ति लगेगी। वैसे औरतों और लड़कों के निकट ऐसी औपचारिकताएँ भी उपलब्धि ही होती हैं, पर चारु में यह कन्वेण्टीयता किंचित् ऊँचे स्तर की थी। डॉक्टर द्रविड़ की सौम्यता को इस सीमा तक समझने से कि वह सपने तक अभद्र नहीं देख सकते, स्पष्ट है कि अपने पति की चर्चा मौसम तथा पिक्चर आदि की सामाजिक एवं औपचारिक चर्चाओं की तरह नहीं है। भले ही दोनों अपनी आयुओं तथा विचारों में भिन्न ध्रुवों पर थे, लेकिन कोई सूत्र था जिसकी रक्षा करना दोनों के निकट सम्मान की बात थी। वैसे परिवार और पति के मामले में अत्याधुनिक पत्नियों का भी विश्वास नहीं किया जाना चाहिए। स्त्रियाँ अनजाने ही पतियों और बच्चों की आधिकारिक प्रचारक होती हैं। विशेषतः सामाजिक क्षेत्र के पतियों की पत्नियाँ तो इस मामले में बड़े ही करुणापूर्ण रूप से हास्यास्पद होती हैं। लेकिन इसका यह तात्पर्य नहीं कि चारु भी अपने पति की प्रचारक थी इसलिए कहती थी

कि डॉक्टर द्रविड़ सपने तक अभद्र नहीं देख सकते हैं। इसका कुल मतलब यही था कि पति-पत्नी के बीच कहीं कोई घोषित टकराहट नहीं थी। लेकिन लोग नहीं जानते कि इससे भी अधिक भयानक जो चीज उन लोगों के बीच थी, वह थी उनके आपसी सम्बन्धों की भयानक निरभ्र शान्ति; जहाँ पलक झपकाने तक का शब्द, यदि कोई होता हो तो, शोर लग सकता था। और ऐसी निरभ्रता में दोनों का चलना होता था।

घर की व्यवस्था, डॉक्टर दविड़ का अल्पभाषी होना—आदि बातें ऐसी थीं जिनके कारण उनके घर एवं सम्बन्धों में भयावह फिसला देने वाली चिकनी शान्ति थी। घर की व्यवस्था इतनी अनुशासित थी कि चारु का अल्सेशियन तक उसमें ढल गया था। इस किताबी मौन को 'डाइनिंग-हाल' की दीवार-घड़ी घण्टे-आध घण्टे पर अवश्य तोड़ा करती थी। इसके अलावा लोगों के चलने-फिरने से प्रायः एक सरसराहट का बोध इस निरभ्रता के कारण यहाँ-वहाँ कमरों में, गलियारों में, दालानों में तैरता-सा लगता अन्यथा बँगले का सुँता सन्नाटा अनझपी पलक की भाँति एक पैर पर खड़ा लगता। व्यक्तियों की आवाजों के अनुपात में चीजों-चम्मचों की आवाजों का अनुपात ही अधिक होता। लगता कि इस घर में पहुँचकर चीजें तक विचार बन जाया करती हैं—ऐसे विचार, जो एक-दूसरे के अतिक्रमण में विश्वास नहीं करते। ठहरे हुए गहरे जल की झील का अन्तस्थल जैसे पारदर्शित होकर आपकी पकड़ के परे कर दिया जाए—बस, ऐसी ही स्थिति उस बँगले की थी।

'वाटनाट' पर पालिश की हुई धातु एवं चीनी की क्राकरी चमचमाती रहती। शीशे के गिलासों में सजाये गये नेपकिनों के धवल शोभा-फूल महीनों तक असंग भाव से वैसे ही बने रहते। बर्मा-टीक का नक्काशीदार विक्टोरियन फर्नीचर, अँजी आँखों-सा नोक-पलक से चुस्त रहता। दालान में लटकते गमलों पर चिड़ियाँ फुदक जातीं, चहचहा जातीं, लान में तितलियों के पीछे अल्सेशियन झल्लाता दौड़ता रहता पर कुल मिलाकर यही लगता कि दो सम्बन्धित व्यापार एक ही समय में नहीं घटित हुए हैं बल्कि इतना दूर-दूर वाले अन्तराल में घटे हैं कि उन्हें आपस में जोड़ा नहीं जा सकता। एक ही समय में घटित होने वाले व्यापारों में एक ऐसा शब्द होता है जो उन्हें घटना बनाता है। लेकिन ऐसा सब-कुछ द्रविड़-परिवार के उस 'पुनर्वसु' नामक बँगले में नहीं था। प्रायः तो यही लगा कि दोनों के पास न केवल अपनी-अपनी घड़ियाँ ही हैं बल्कि अपने-अपने समय भी हैं। वे समय, जो सार्थक होते हैं, दोनों के पृथक् थे। खाना खाने या साधारण औपचारिकताएँ निभाने वाले समय, समय नहीं हुआ करते। कैसा ही सौजन्य, कैसी ही आत्मीयता नहीं होती।

जी.पी.ओ. वाली सड़क तथा हाईकोर्ट रोड के क्रासिंग के वहाँ एलगिन रोड के आ जाने से जो तिमुहानी बनती है वहीं 'पुनर्वसु' नामक बँगले में डॉक्टर द्रविड़ एवं श्रीमती चारुलता द्रविड़ अपनी ही मूर्तियों की तरह हो गये थे। वैसे तो यह

भी कहा जा सकता था कि ऐसी मूर्तियाँ जिन्हें व्यक्ति होने की गलतफहमी हो, लेकिन ऐसा नहीं भी कहा जा सकता था। बरसों से 'पुनर्वसु' में कुछ नहीं घटा था, जब कि हर क्षण कुछ-न-कुछ होता ही रहता था। वैसे होने को क्या नहीं होता था?

सवेरे सात बजे टेबल पर नाश्ता लगा दिया जाता था। डॉक्टर द्रविड़ उस समय तक पाठ-पूजन से निवृत्त हुए रहते। चारु नियमतः अपने स्लीपरों एवं ड्रेसिंग-गाउन में यथावत् निःशब्द आकर बैठ जाती। बृहत् 'डाइनिंग-टेबल' की चौड़ाई के आर-पार बैठे हुए नाश्ता करते दोनों के बीच कभी कोई बोला हो, यह बैरे को मालूम नहीं। नाश्ते के बाद यदा-कदा आने वालों से डॉक्टर द्रविड़ अपनी 'स्टडी' में ही मिल लिया करते अन्यथा दस बजे विश्वविद्यालय जाने के पूर्व काफी के लिए जरूर उनको देखा जाता था, शेष समय उनकी उपस्थिति अनुपस्थितिवत् ही थी। इस बीच, ड्राइवर उनकी पुरानी फोर्ड पोर्च में खड़ी कर देता। नौकरानी उनकी 'स्टडी' से, साथ जाने वाली पुस्तकों का बण्डल आगे की सीट पर रख देती। कॉफी के तुरन्त बाद वह सीधे कार में जाकर बैठ जाते। सुषमित बरामदे के ताड़ के बड़े गमलों के पास खड़ी चारु ने क्या पहना है अथवा क्या धारा है, इससे उन्हें कोई आसक्ति या जिज्ञासा नहीं रही है। जूड़े में वेणी है अथवा बाल खुले ही हैं, इसकी ओर भी उनका ध्यान कभी नहीं गया होगा। आरम्भ के दिनों में चारु सद्यःस्नाता बनी संगमरमर की मूर्ति की तरह तैयार होकर पोर्च में मुसकराती खड़ी विदा देती रही है पर...। वैसे उन आरम्भिक दिनों में दो-एक बार पति के कोट में गुलाब भी खोंस दिया जाता रहा है लेकिन बहुत शीघ्र ही स्वयं चारु को भी यह उत्साह, प्रदर्शन लगने लगा। फलतः अन्य कर्तव्यों की भाँति इसे भी क्रमशः वांछित रूप देकर डॉक्टर द्रविड़ की ही भाँति वह भी ठण्डी होती गयी। अधिक अच्छा तो यह कहना होगा कि चारु ने डॉक्टर द्रविड़ को शुरू से ही बुझा पाया। जो कुछ उष्णता थी वह चारु की ओर से ही थी, अतः बुझने की प्रतीति भी उसे अपने ही पक्ष में हुई। स्वीकारती तो वह यह भी है कि जब पहले दिन डॉक्टर द्रविड़ को देखा था, उसमें और आज में कोई विशेष अन्तर नहीं था। पर इस प्रकार का देखना तो प्रायः सभी के साथ उसी प्रकार हुआ करता है जैसे हम किसी 'शो-केस' में रखे ताजमहल को देखें और न केवल प्रशंसित ही हो उठें बल्कि उसे प्राप्त करने के लिए अपने सम्पूर्ण से तैयार हो जाएँ। सम्भवतः ऐसा होता भी है। यदि चारु भी इसी प्रकार सम्पूर्णमना उसे प्राप्त करने के लिए तत्पर हो उठी थी तो उसमें आश्चर्य की कोई बात नहीं थी। लेकिन जब हम उस ताजमहल को खरीदकर अपने 'ड्राइंग-रूम' में सजा दें तथा कालान्तर में वह हमारे किसी भी रागात्मक सौन्दर्य या ऐश्वर्य की तुष्टि न करे तो हमारे भीतर कैसा वीरान खोखलापन क्रमशः भर उठता है? उसका व्यक्ति क्या करे? तब दिन-रात वह ताजमहल हमें कैसा खटकने लगता है? हम नहीं समझ पाते कि वह कौन-सी चीज थी जिसके कारण हमने उसे खरीदा था। और अब वह नहीं रह गयी है, फलतः

हमारे लिए यह बोझ से अधिक कुछ नहीं है। कुछ-कुछ ऐसी ही मनःस्थिति में चारु अपने को पाती है, लेकिन चारु के सन्दर्भ में बात इतनी सहज-भी नहीं थी। पहले दिन चारु ने डॉक्टर द्रविड़ को देखा था, उसे कोई और क्या स्वयं चारु ही शिष्टता मानती है। प्रेम कर सकने की प्राथमिक मूर्खता की आयु में डॉक्टर तो नहीं ही थे, पर चारु भी उस आयु की तब भले ही रही हो लेकिन उस मनःस्थिति की कभी नहीं थी।

तुष्टि का वह दिन आज भी सतृष्ण कर जाता है। अधिक नहीं केवल दस वर्ष पूर्व का वह सवेरा चारु के मानस में बड़े ही अव्यक्त ढंग से सही, पर फिर भी अमलतास के पीले गुच्छे-सा मन्द-मन्द हिलने लगता है। तुष्टि का वह दिन कुहरे में आभासित हो पड़ने वाली बलाका की भाँति उसमें रह-रहकर कौंध जाता है। ऐसा क्यों हो जाता है कि ऐसे अनेक दिन होते हैं जो व्यर्थ रीते के रीते बीत जाते हैं। उनके ऐसे ही बीत जाने का न तो हमें दर्द होता है और न ही उनके आगमन की कुछ याद रहती है। बल्कि ऐसा लगता है कि जैसे कई दिन हम दिनहीन होकर ही जिये हैं। लेकिन ऐसी दिनहीनता में ही कोई एक दिन ऐसा भी निकल आता है जो हमें हमारी सारी जड़ों स्रोतों से दूर ले जाकर पटक देता है। और आश्चर्य तो यह कि हम उस दिन के साथ कितने प्रसन्न मन चलने लगते हैं। उन दिन के माध्यम से ही कोई आता है और वह हमें अनजाने ही प्रतीक्षित पाता है।

तुष्टि के उस दिन डॉक्टर द्रविड़, चारु के पिता डॉक्टर खड़ीकर से मिलने गये थे। डॉक्टर खड़ीकर किसी आवश्यक काम से उप-कुलपति महोदय से मिलने चले गये थे। पिता का आदेश था कि उनके आने तक चारु डॉक्टर द्रविड़ का सत्कार करेगी। अतः चारु सामने के सोफे पर बैठी डॉक्टर द्रविड़ का सत्कार कर रही थी?

—आप इस बार भाषणों के लिए कहाँ गये थे?

—केलीफोर्निया।

और कमरे में फिर मौन तिर उठा। पिछले पन्द्रह मिनटों में चारु तीन बार इस मौन को तोड़ने के लिए प्रयत्नशील हुई। पहली बार गुलाबों की चर्चा की गयी थी और उसे कितना आश्चर्य हुआ था कि डॉक्टर द्रविड़ गुलाब ही नहीं, किसी भी फूल के मामले में नितान्त अनभिज्ञ हैं। आइरिश गुलाब आयरलैण्ड की अपेक्षा भारत में अधिक खिलता है—सुनकर भी इन महाशय ने सौजन्यात्मक आश्चर्य तक प्रकट नहीं किया था। वह इस नितान्तता पर खूब खुलकर हँसना चाहती रही पर उसे लगा कि उसका हँसना अशिष्टता होगा, अतएव वह ऐसा मुसकरायी अवश्य थी जो किसी को भी देखने पर केवल हँसी ही नहीं वरन् तिरस्कार लगे। पर डॉक्टर द्रविड़ ने जिस असंग भाव से उस मुसकराहट को देखा तथा लिया उससे तो वह अपनी ही दृष्टि

में तुच्छ हो उठी। चारु को लगा कि वह व्यक्ति नहीं वरन् एक ऐसा चित्र है जो अपनी सुविधा से चल-फिर वगैरह सकता है। चाय का प्याला थमाते हुए जब उसने पूछा कि आप पौर्वात्य और पाश्चात्य जीवन पद्धतियों में किसे श्रेष्ठ समझते हैं? तो चारु को लगा कि डॉक्टर द्रविड़ की आँखों में वैसी ही चिढ़ है जैसी कि शंख के वलयों में बैठे हुए कीड़े को छेड़ देने पर उसकी आँखों में होती है। सच तो यह है कि चारु का मन हुआ कि इस 'शंख-कृमि' को खूब ही कोंचे पर एक तो पिता का भय तथा दूसरे स्वयं डॉक्टर द्रविड़ के व्यक्तित्व में ही एक ऐसा निषेध अनुभव हुआ जिसकी उपेक्षा वह एक सीमा तक ही कर सकती थी।

कमरे की खुली खिड़की से सवेरे का शीत-घाम, उष्णता से अधिक प्रकाश देने का काम कर रहा था। सोफों की चमड़े की गद्दियों में बड़ी हल्की-सी चमक थी। एक चाय को छोड़कर क्या चीज और क्या व्यक्ति सभी में बड़ा ठण्डा-ठण्डापन-सा था। कमरे में जिस प्रकार का आक्षेपात्मक मौन था वह चाहे डॉक्टर द्रविड़ को बुरा न लग रहा हो पर चारु को वह न केवल आपत्तिजनक ही बल्कि किसी सीमा तक असामाजिक भी लग रहा था। इसलिए केवल चिढ़कर तीसरी बार उसने ऐसा प्रश्न किया था जिसमें इस 'शंख-कृमि' की रुचि हो सकती थी। कमरे का वातावरण कुछ तो हलका हो इसलिए भी कोई-सी भी चर्चा आवश्यक थी। इस बार भी डॉक्टर द्रविड़ कोई छोटा-सा हाँ-ना वाला ही उत्तर दे देते और चुप हो जाते पर चारु ने अपने प्रश्न को और भी व्यवस्था देते हुए पूछा–

–कहीं मैंने पढ़ा था कि सृष्टि के बारे में कुछ लोग विकासवाद को मानते हैं तो कुछ लोग वृत्तात्मकता को मानते हैं। आप इस बारे में क्या सोचते हैं?

डॉक्टर द्रविड़ चाय पी चुके थे और पाइप में तम्बाकू भर रहे थे। उन्होंने अत्यन्त निश्चिन्त भाव से तम्बाकू भरी और बड़ी तन्मयता के साथ पाइप सुलगाने में लग गये। चारु को डॉक्टर द्रविड़ का इतने निश्चिन्त मन से पाइप सुलगाना तथा सुलगाने की मुद्रा आकर्षक एवं मोहक लगी। उसे उस दिन पहली बार लगा कि लोगों के तम्बाकू पीने के ढंग से ही उनका आद्यन्त व्यक्तित्व जाना जा सकता है। शायद इसके बाद पहली बार चारु को लगा कि डॉक्टर द्रविड़ न केवल मोहक व्यक्तित्व के ही हैं वरन् शिष्ट भी हैं। अभी थोड़ी देर पूर्व उन्हें उसने 'शंख-कृमि' की जो संज्ञा दी थी उस पर स्वतः ही बहुल लज्जा का अनुभव हुआ। यद्यपि डॉक्टर द्रविड़ के बारे में मूल बात वह तब भी मानती रही थी कि यह लाख प्रज्ञावान हों, किताबों को पढ़ना भी जानते हों पर व्यक्तियों को इस सीमा तक नहीं पढ़ सकते कि जिसके कारण यह कभी लोकप्रिय हो सकें। और पता नहीं इस एक बिन्दु पर आकर वह क्यों अनजाने ही ऐसी द्रवित हुई कि उसे लगा जैसे इनका यह चालीस वर्षीय एकाकीपन का जीवन चारु से न जाने किस चीज की अपेक्षा करता है। वैसे प्रत्यक्ष में ऐसा कोई कारण नहीं था कि डॉक्टर द्रविड़ उसे निरीह लगें पर वह फिर

भी अतिरिक्त करुणायुक्त हो उठी जैसे कि डॉक्टर द्रविड़ स्कूल से लौट थके-हारे कोई बच्चे हों, जिसका उतरा हुआ मुँह देखकर उसे सीने से लगा लेने को मन अकुला उठे।

वस्तुतः चारु तब पच्चीस की थी और डॉक्टर द्रविड़ चालीस के। डॉक्टर द्रविड़ पाइप के दो-एक कश लगा चुके थे। चारु की बात का उत्तर देने के पूर्व उनकी आँखें चारु के नयनों से मिल गयीं। डॉक्टर द्रविड़ को उन नयनों में जाने कैसी चमक ही नहीं वरन् एक ऐसी अजीब अभिव्यक्ति दिखी जो उन्होंने पहली बार ही किसी के नयनों में देखी थी। पहली बार हल्के से उन्हें लगा कि नेत्र केवल देखते ही नहीं हैं बल्कि उनके द्वारा और भी कुछ काम लिया जाता है। काम के प्रकार को स्पष्ट समझ सकना उनके लिए कठिन था! अपने भीतर की इस असुविधा को उन्होंने वैसे कोई खास महत्त्व नहीं दिया, बोले–

–अन्तिम रूप से तो कुछ नहीं कहा जा सकता है कि सृष्टि का विकास या क्रम क्या रहा है। हाँ, दोनों ही प्रकार की धारणाएँ हैं। चूँकि विकास का सिद्धान्त पश्चिमी है-और आप यह भी जानती ही हैं कि पश्चिमी लोग कितने विश्लेषण-प्रधान, तथ्यपरक एवं वैज्ञानिक होते हैं अतएव अपने पक्ष के लिए उनके पास अकाट्य तर्क हैं। और वृत्तात्मकता का सिद्धान्त भारतीय है। हमारी विशेषताएँ भी आपको अवगत ही होंगी कि गत दो हजार वर्षों से हमने तर्क और चिन्तन छोड़ दिया है फलतः अपने सिद्धान्त की पुष्टि के लिए हमारे पास तथ्यपरकता नहीं है। और जहाँ तक मेरे समझने की बात है तो वह अभी तक जिज्ञासा की ही स्थिति है।

चारु तन्मय होकर डॉक्टर द्रविड़ की बातें सुन रही थी। यद्यपि प्रश्न के समय वह गम्भीर नहीं थी पर उत्तर सुनते समय लगा कि जिस व्यक्ति को वह सुन रही है वह आद्यन्त गम्भीर के अतिरिक्त और कुछ नहीं है। तभी तो अपने में डूबा हुआ यह व्यक्ति ऐसे मनोयोग से बोल रहा है जैसे निर्जन एकान्त में किसी अकेली चिड़िया का स्वर पत्तों में-से छिप-छिपकर नीचे उतरकर पूरे वनान्त में छा जाता हो। कहीं कोई व्यतिक्रम नहीं।

बाहर डॉक्टर खड़ीकर के आने की आहट हुई। 'ग्राउण्ड-ग्लास' लगे दरवाजे में से पिता की आकृति का आभास, गहरे जल से आते आभास की भाँति लग रहा था। चारु के दरवाजे की ओर देखने के कारण डॉक्टर द्रविड़ को लगा कि डॉक्टर खड़ीकर आ गये हैं। आते ही डॉक्टर खड़ीकर ने क्षमा माँगी। डॉक्टर खड़ीकर का मुख स्त्रियों की भाँति कोमल अधिक था, जिसमें उनके हल्के घुँघराले बाल ऐसे लगते थे जैसे उन्हें मंच के लिए विशेष रूप से व्यवस्थित किया गया हो।

–आशा है चारु ने आपका स्वागत-सत्कार समुचित रूप से किया होगा! कहते हुए डॉक्टर खड़ीकर खाली वाले सोफे पर बैठ गये।

—आपको इस बारे में चिन्ता नहीं करनी होगी, चारु जी ने भली-भाँति स्वागत किया है।

और यह कहते हुए वह बड़े ही अनात्म भाव से मुसकरा दिये। चारु को बच्चों की भाँति कुतूहल हुआ कि अरे, यह व्यक्ति मुसकराना भी जानता है!

आज चारु को भी आश्चर्य होता है कि कितने सहज ढंग से डॉक्टर द्रविड़ उसके निकट होते चले गये थे। यद्यपि डॉक्टर द्रविड़ ने अपनी ओर से कभी भी अतिरिक्त व्यक्त नहीं होने दिया। चारु के मन में उन दिनों भी निश्चय ही द्वन्द्व था कि वह क्या देख-सुनकर आधे मन से डॉक्टर द्रविड़ की ओर झुकती चली जा रही है। गम्भीरता और विद्वत्ता को छोड़कर उनमें ऐसी कोई विशेषता नहीं थी जिसके प्रति चारु-जैसी युवती आकर्षित होती, जबकि वह स्वयं आकण्ठ अलंकारवत् देह की थी। क्या नहीं था उसके पास? न केवल विशाल नयन ही थे वरन् विपुल केश भी थे। उँगलियाँ न केवल सुन्दर ही थीं बल्कि वाद्य को थामे वे निपुण लगती थीं। चारु के मन में आज तक फरवरी का वह सवेरा अपनी उस दिन वाली गुनगुनी मुलायम पीले ऊन वाली धूप, फूलों की विपुलता, पेड़ों के ऊपर पारदर्शी नील कुहरे का रहस्य व्यापार तथा गहरे समुद्र-सा सुदूर का आकाश—आज तक कितना वैसा सजीव है जैसे आज का ही स्तवक हो। कहीं से मुरझाने का प्रश्न ही नहीं उठता।

देर तक वह डॉक्टर द्रविड़ के साथ कम्पनी गार्डन घूमती रही थी तथा फरवरी की उस सुबह को वह अपने भीतर वैसे ही अनुभव करती रही थी जैसे वह कोई स्वाद हो। लायब्रेरी की अकेली मीनार के ऊपर उड़ते कबूतरों ने उस मीनार को और भी नितान्त बना दिया था। बारम्बार चारु अपने मन में खोजती रही कि वह क्या होता है जिसके आ जाने पर चारों ओर का साधारण भी असाधारण लगता है। यद्यपि डॉक्टर द्रविड़ ने कोई ऐसी बात नहीं कही थी जिससे चारु को लगता कि इस प्राकृतिक सन्दर्भ में यह बात सदा के लिए स्मरणीय हो जाएगी। लेकिन अनेक बार मौन भी इतना मार्मिक लगता है कि जैसे चारों ओर सुदूर में कोई एक ऐसा पाखी इतने डूबे स्वरों में बोल रहा है कि जिसका नाम तक हम नहीं जानते होते हैं। शायद यही पाखीरव हमें भटकाता है। चारु भी इसी मृग-माया को मन में सत्य समझ रही थी तो इसके लिए डॉक्टर द्रविड़ कहाँ तक दोषी हैं? कम्पनी-बाग की ओस-भीगी बालू उन दोनों के चलने से कैसे हौले-हौले दबी पड़ रही थी! हाँ, केवल उसी दिन अनजाने ही चारु को डॉक्टर द्रविड़ का न बोलना भी अत्यन्त सुहाया। अनेक बार लगता है कि न बजता हुआ कोने में रखा वाद्य भी कैसा संगीतमय वातावरण उत्पन्न कर जाता है—बस, बहुत कुछ ऐसा ही चारु को भी लगा कि न बोलने वाले व्यक्ति में कैसी मन्त्र की-सी शक्ति होती है। ऐसे मौन व्यक्ति को देखकर ऐसा ही सुख लगता है जैसा कि निरभ्र शारदीयाकाश को देखकर लगता है।

और उस दिन, दिन-भर चारु को बड़ा ही अनिर्वचनीय सुख-सा लगता रहा। वह भी ऐसा सुख जो केवल स्त्रियों को ही होता है। ऐसा सुख, नारियाँ इन्द्रियों के माध्यम से अपनी गन्धित देह के किसी अत्यन्त गोपन एकान्त में भोगती हैं, भोगती ही चली जाती हैं, जैसे जाड़े की धूप को भोगा जाता है। और उस दिन शाम को चाय पीते हुए उसे स्वयं कितना आश्चर्य हुआ कि उसके भीतर ही कोई उससे कह रहा था कि जिसका साथ इतना मार्मिक हो सकता है तब भला उसका सान्निध्य कितना प्रस्फुटित कर देने वाला होगा और...रात में जब वह अपने वाद्य पर बैठी। उँगलियों से राग नहीं उसका मन बज रहा था।

और उसके बाद चारु को भले ही परिवर्तन लगा हो पर डॉक्टर द्रविड़ में कहीं कोई अतिरिक्तता नहीं लगी। डॉक्टर द्रविड़ के पास चारु के योग्य जो भी हो सकता था उसे देने में उन्हें एक क्षण भी नहीं लगा होगा। या जो नहीं था उसे मँगवा देने में या स्वयं चारु के ले आने पर भी उन्हें कभी कोई आपत्ति नहीं हुई होगी। जहाँ तक स्वयं उनका अपना प्रश्न था, उस बारे में उन्होंने न तो चारु के आने के पूर्व ही और न बाद में कभी सोचा। इस अर्थ में नहीं सोचा जिस अर्थ में कि लोग विवाह आदि हो जाने पर अपने को एक नितान्त भिन्न व्यक्ति अनुभव करने लगते हैं। चारु के सन्दर्भ में उन्हें कुछ दूसरा हो जाना चाहिए इसकी आवश्यकता ही उन्हें नहीं हुई। बल्कि कहना चाहिए कि डॉक्टर द्रविड़ को अच्छा ही लगा कि चारु ने आकर उन्हें रोज की अनेक आवश्यकताओं से छुट्टी दिला दी थी। अब इसकी चिन्ता उन्हें नहीं करनी थी कि पढ़ते हुए यदि उनके कन्धे ठण्ड खा रहे हैं तो स्वयं जाएँ और शाल लाएँ। या शेविंग के लिए गरम पानी नहीं है तो ठण्डे से ही दाढ़ी बना ली जाए। कहाँ क्या पहनकर जाना है या जाना चाहिए—के बारे में चारु का निर्णय अन्तिम है। चारु के आने के बाद वह अब अपने को अपने अध्ययन के अधिक नजदीक पाते हैं। यह बात उन्हें बहुत ही अच्छी लगी थी कि चारु ने एक क्षण को भी यह नहीं व्यक्त होने दिया कि जैसे वह 'पुनर्वसु' की तथा यहाँ के शान्त वातावरण की अभ्यस्त नहीं है। चारु की इस सहजता का वह फोटोग्राफ प्रमाण है जो पहले दिन लान पर लिया गया था। भाई की बच्चियों से घिरी बैठी हुई चारु इस चित्र में इतनी सहज लगती है जैसे वह इस लान में बैठने की अभ्यस्त है तथा इस चित्र को देखकर कौन कहेगा कि ये दोनों बच्चियाँ स्वयं चारु की नहीं हैं। कुछ स्त्रियाँ होती हैं जिन्हें देखकर केवल सुखद शीत का-सा अनुभव होता है। गरमियों में करौंदे की झाड़ी की-सी सुखद छाँह वाली ये स्त्रियाँ पहले ही दिन आपको इतनी परिचित लगती हैं कि उनके हाथों में आप अनायास ही सब-कुछ सौंपकर उस पहले दिन ही निश्चिन्तता अनुभव कर सकते हैं। डॉक्टर द्रविड़ को भी यही लगा कि चारु इन स्त्रियों में-से

नहीं है जिन्हें जानने के लिए पुरुष को जाने क्या-क्या मूर्खताएँ करनी होती हैं।

चारु को यह बोध पहले ही दिन हो गया था कि उसका इस वातावरण में आना किसी नयी किताब के आने से अधिक नहीं है, भले ही वह किताब कितनी ही महत्त्वपूर्ण क्यों न हो। 'पुनर्वसु' वह विवाह के पूर्व भी आयी थी पर तब ऐसा नहीं लगा था, लेकिन उस दिन 'गृह-प्रवेश' के समय उसे लगा कि क्या डॉक्टर द्रविड़ ने उसे किसी किताब के रूप में ग्रहण किया है, व्यक्ति के रूप में नहीं? अतएव वह तभी आहत भी हुई थी। लान पर जिस समय चित्र खींचा जा रहा था वह तब कहीं नहीं थी। सच, उसे अपने होने की भी प्रतीति नहीं थी। दृष्टि जैसे अवाक् होकर फैल जाती है, बस वैसे ही वह भी अपने से पृथक् फैल गयी थी। आहत वह हुई पर उसके पास इसके लिए कोई आधार नहीं था। क्योंकि विवाह के बाद कोई भी नारी क्या चाहती है, पति के स्वत्व तक पर अधिकार न? और वह मिलने में एक क्षण भी नहीं लगा होगा। बल्कि यही लगा होगा कि वह यहाँ से क्या कभी पृथक् थी भी? डॉक्टर द्रविड़ का सौजन्य और बँगले के वातावरण तथा चीजों की विपुलता ने चारु हो हठात् इतना कुछ विस्तार दे दिया कि उसका अवाक् हो जाना स्वाभाविक था। विवाह के बाद की इस स्थिति के बारे में उसे जो कुछ भी मालूम रहा होगा, उससे तो विपरीत ही उसे लगा कि डॉक्टर द्रविड़ से उसे कुछ लेना नहीं है बल्कि वही उससे माँगते रहेंगे। पर डॉक्टर द्रविड़ की सदाशयी मुद्रा तथा उनके मनस्वी मौन के सम्मुख चारु को क्रमशः अपमानजनक निरीहता होने लगती। उसे लगता कि जैसे वह किसी शान्त पुस्तकालय में बैठी हुई है। वैसी ही वातावरण की गरिमा, बोध सब-कुछ लगता। अनेक बार मन करता कि वह पुस्तकालय न जाने कब बन्द होगा और न जाने कब कोई चपरासी आकर उसे घर जाने की याद कराएगा और तब उसे लगेगा कि हाय, इस इतने बड़े हाल में वह न जाने कब से अकेली बैठी हुई थी। शाम की जाती हुई धूप की लम्बी-लम्बी सुनहरी चिन्दियाँ विपुल फर्श पर गिरती हुई हाल को और भी कैसी-कैसी भयावह शालीन ऐकान्तिकता दिये हुए थीं कि जिसे देखकर अंग-अंग में जड़ता समा जाए। भव्यता, पवित्रता आदि का भी एक सीमा के बाद वैसा ही दुःख होता है जैसा किसी अन्य चीज का होता है। लेकिन जब व्यक्ति को घर ही पुस्तकालय लगने लगे तब वह क्या करे? डॉक्टर द्रविड़ की तथा 'पुनर्वसु' की सारी उज्ज्वल व्यवस्था को वह सहसा झकझोर देना चाहती रही पर उसे वैसी ही जड़ता लगती जब हम किसी पवित्रता से संघर्ष नहीं कर पाते हैं। जिमखाने में रोज वह जिस समाज को देखती उसके प्रति ऐसी लालसा होती जैसे वह अनेक दिनों की भूखी है। सारे-सारे दिन उसे एक शब्द, एक सम्बोधन की प्रतीक्षा रहती। वह चाहती कि कहीं से भी कोई बोले, पर वह मनुष्य की आवाज हो, विचार न हों।

जिमखाने की शाम, लोगों का अनेक परिस्थितियों से वहाँ आकर जुटना तथा

अजीब परिचयात्मक अपरिचित कोलाहल सब उबा देने वाला होने पर भी अच्छा ही लगता जैसे शाम की नदी या समुद्र की सतह पर हजारों अबाबीलें नीचे-नीचे उड़ते हुए एक दृश्य बनाती हैं। और ऐसे में जब ताश खेलते हुए उसे घर अथवा डॉक्टर द्रविड़ की याद आ जाती तो लगता कि जैसे साँप का गिलगिलापन छू गया हो। ऐसे मौकों पर वह या तो कोई गलत 'काल' दे देती रही है या फिर ताश छोड़कर लान की फेन्सिंग के पास एकान्त की खोज में चली जाती रही है। यह सच है कि वह जिमखाने के वातावरण से प्रायः उकता जाती है पर वह घर जाकर क्या करे? बिना निमित्त के व्यक्ति के लिए घर तथा समाज दोनों की कोई सार्थकता नहीं। क्या घर ऐसा हुआ करता है? कभी-कभी वह स्पष्टतः चाहती है कि अपने लान पर वह खूब-सारा दौड़े, पर किसके साथ? किसी के बँगले में जब वह तिललियों के पीछे बच्चों को भागते हुए देखती है तो लगता है कि वह भी अपनी चप्पलें उतारकर उन बच्चों की अपार हर्षता को अपने भीतर पेट तक पी जाए। दिन, सप्ताह, मास–बस, वही का वही। कोई प्रयोजन नहीं लगता। व्यवस्थित घर को और क्या व्यवस्थित किया जाय? अनेक बार तो बल्कि यह लगता कि कोई इस व्यवस्था को ऐसे अव्यवस्थित कर जाए कि तब सब-कुछ को ठीक करने में हफ्तों लग जाएँ। लेकिन कौन करे? शायद इसी एक बिन्दु पर आकर उसकी विवशता और भी वाचाहीन हो जाती है। अव्यक्त मनस में ही नहीं बल्कि व्यक्त चेतना तक में एक रिक्तता लगती। ड्रेसिंग-टेबल के पास अनेक बार लगता कि कोई छोटी-सी देह उससे सटकर खड़ी हुई है तथा कैसी छोटी-छोटी साँसें तक ले रही है। और चौंककर जब उसने पलटकर देखा है तो खिड़कियों से बाहर का विस्तार, कमरे का पुस्तकालयीय सूनापन–ये सब कैसे अवश कर देने वाले लगते हैं जैसे इनसे अब कोई मुक्ति नहीं होगी। प्रायः सवेरे लान की हरी दूब पर उसने दो छोटे-छोटे पैरों के निशान इस तरह के देखे हैं जैसे वे छोटे पैर खूब दौड़े हैं। चाय के प्याले में से उठती भाप के साथ वह देखती कि डॉक्टर द्रविड़ कितनी निश्चिन्तता के साथ विचारों में खोये चाय पी रहे हैं। 'डाइनिंग-हाल' की खिड़कियों से सवेरे की प्रसन्न धूप फर्श पर बिछली होती और लगता कि जैसे वह स्वयं नहीं है बल्कि किसी उपन्यास की वर्णिता है और कुछ नहीं, बस उसे यही होता कि क्या कभी ऐसा नहीं होगा कि वह किसी के कारण जिमखाना ही नहीं बल्कि कहीं नहीं जाए? केवल घर पर ही रहे? उस एक के कारण दूसरी सारी संज्ञाएँ, क्रियाएँ, या तो हों ही नहीं या फिर उनके बारे में चारु को कोई अनुभव ही न होने पाए। कोई क्यों नहीं उसे इस प्रकार रोज़-रोज बाहर जाने से रोकता? उसे अपनी इस मनःस्थिति पर स्वतः ही हँसी आ जाती कि बाल कब के सूख गये हैं और बाल सुखाने वाला हाथ का पंखा थामे वह न जाने कहाँ खोयी हुई थी।

जिमखाना उसे अवश्य ही एक ऐसा निरापद स्थान लगता जहाँ वह कुछ देर

अपने को भूल पाती थी। वहाँ के प्रशस्त लान पर बिजली का प्रकाश फेन्सिंग के पास जाकर बड़े ही कोमल ढंग से विलीन होता है और यह देखना चारु को सबसे अच्छा लगता है। प्रायः वह उकताकर फेन्सिंग के पास टहलती है। उस आधार-आलोक की झलफलिया में आकाश की निसंग असीमता बड़ी आमन्त्रणवत् लगती। पीठ की ओर से आता लोगों का शोर कितना अविश्वसनीय लगता। टेबलों पर बैठे हुए लोग पोर्ट या बियर, शेम्पेन या ह्विस्की पीते हुए रेम्ब्राण्ट के चित्र की भाँति लगते। लोगों की धुली, गन्धित सायास मुद्राएँ, कलफ की हुई स्त्रियों के गलों की टुनटुनाती घण्टियाँ, भीगे लान की सोंधी गन्ध के साथ शराब की गन्ध मिलकर ऐसा रहस्य उत्पन्न करते कि चारु को लगता कि लोग एकान्त घरों को बसाने के बजाय ऐसे जिमखाने ही क्यों नहीं बसाते? वहाँ खड़े हुए उसे रात्रि का आकाश बुलाता होता। वह किसी के साथ उस रहस्यमय अगम्य में ऐसा सन्तरित कर जाना चाहती रही है जैसा कि धूप या चाँदनी या पूर्वा हवा सन्तरित करती हैं।

आज बिना कुछ समझे चारु ने अपने पार्टनर की 'थ्री-हार्ट्स' की 'काल' पर 'फोर-हार्ट्स' की 'गेम-बिड' दे दी जब कि उसे 'थ्री-स्पेड्स' कहकर अपना हुकुम का इक्का और बादशाह बताना चाहिए था, न कि 'गेम-बिड' देनी चाहिए थी। कुछ देर तक तो वह 'डमी' बनी खेल देखती रही पर हठात् उसे अपने अन्तर में ऐंठन अनुभव हुई और वह क्षमा माँगकर खेल छोड़कर उठ खड़ी हुई। लान के अपने प्रिय अँधेरे भाग की ओर निकल आयी। फेन्सिग के पार अँधेरे में स्टेडियम का आभास दिखलाई पड़ रहा था। आज का-सा मौसम चारु को सदा मुग्ध कर जाता रहा है, पर आज जैसे वह अपने में नहीं थी। वह आज किसी भी प्रकार का निर्णय चाहती थी बल्कि अभी ही वह जैसे एक लकड़ी के दो टुकड़े कर देना चाहती थी। प्रत्येक सम्बन्ध एक विशेष प्रकार की चिन्ता या उष्णता चाहता है। आपका सिर-दर्द सामने वाले से परिचर्या न सही तो कम-से-कम चिन्ता या ऐसी अभिव्यक्ति अवश्य चाहता है जिसे देख-सुनकर आप उस कन्धे पर कुछ देर को ही सही, सिर तो टेक सकें। सम्बन्ध और क्या होता है? डॉक्टर द्रविड़ से वह विद्वत्ता नहीं, सौजन्य नहीं, सहिष्णुता नहीं वरन् ऐसी चिन्ता चाहती है जिसके सामने उसकी नारी अपनी आर्तता छिपाने के लिए प्रसाधन, मुद्राओं या किसी आचरण की आवश्यकता न अनुभव करे।

लान पर उसके साथ उसकी छाया भी टहल रही थी, दूरी पर लोगों का हँसना-बोलना यथावत् था, जैसे ये लोग सृष्टि के अन्त तक ऐसे ही हँसते-बोलते रहेंगे। क्या सबके साथ ऐसा ही बीतता है? लेकिन देखने पर तो ऐसा नहीं लगता

है। लेकिन स्वयं उसे देखकर कोई कह सकता है कि उसके साथ क्या बीतता है? दिखना, होना नहीं होता।

और उसके सामने वह दिन उभर आया जब पिछली मार्च में वह अपने जन्म-दिन के दूसरे ही दिन अपनी विश्वस्त नौकरानी के साथ दक्षिण की यात्रा पर चल दी थी। वैसे बात कुछ नहीं थी लेकिन फिर भी बात उसे लग गयी थी। चारु को याद है कि प्रति वर्ष अपने जन्म-दिन की याद डॉक्टर द्रविड़ को करवानी पड़ी है। लेकिन इस बार उसे लगा कि क्या डॉक्टर द्रविड़ चारु का जन्म-दिन तक याद नहीं रख सकते? अपने प्रियजन की ऐसी निकट की बात को भी क्या कोई भूल सकता है? और वह दिन भी जब अन्य सादे दिनों की भाँति व्यतीत गया तो चारु को लगा कि जैसे वह झाड़फानूस की भाँति झनझनाकर अपने में ही चूर-चूर हो गयी है। कैसे उस दिन चारु दिन-भर यह कामना करती रही कि किसी भी तरह डॉक्टर द्रविड़ को उसके जन्म-दिन की बात याद आ जाए क्योंकि चारु को लगा कि पहली बार ही तो डॉक्टर द्रविड़ से संकेत में उसने कुछ चाहा है और यदि वह चूक गए तो चारु स्वयं को क्या कहकर सान्त्वना देगी?

उस दिन दोनों ने सवेरे यथावत् चाय पी थी और तब अपने-अपने में व्यस्त हो गये थे। यद्यपि चारु जानती थी कि ऐसा नहीं होगा, फिर भी वह अपने कमरे में अव्यक्त प्रतीक्षा करती रही कि डॉक्टर द्रविड़ किसी भी समय बड़े ही अपराध-भाव के साथ सामने आ खड़े होंगे और कितनी सलज्जता से हाथ का 'बुके' थमाना चाहेंगे। उसे लगा कि जैसे वह उनके प्रिय नीले सूट में देख तक रही है। कैसे कमरे का परदा हिला है; जूट-कार्पेट पर डॉक्टर द्रविड़ के काले जूते तक चलते दिखलाई पड़ रहे हैं। चारु जानती है कि अभी डॉक्टर अपनी परिचित निश्छल हँसी के साथ मुसकरा पड़ेंगे। ऐसी ही स्थिति में तो वह अवश हो जाती है। कैसे जलवत् स्पष्ट है यह व्यक्ति! लेकिन तभी उसे चेत हुआ और उसने देखा कि वह नहाने की तैयारी में कब से बाल खोले खिड़की से जाने क्या देख रही थी और उसी में वह डॉक्टर द्रविड़ की कल्पना कर रही थी। खिड़की से सामने का पत्थर-गिरजाघर अपनी गाथिक शैली की क्लासिकीयता के वैभव के साथ दिख रहा था। कबूतरों का कँगूरों तक तैर जाना चारु को न जाने किस चीज की याद करा रहा था। चारु तन्मय बनी उसे देखती रही और वह उदास हो उठी। पहली बार उसने मार्क किया कि गिरजे की ऊपरवाली मीनारों में-से एक मीनार का क्रास या तो टूट गया था अथवा स्थापत्य ही ऐसा था। मार्च की प्रातः-धूप में चर्च के तथा आसपास के बँगलों के कद्दावर अशोक अपनी प्रसन्न पत्तियों के साथ कहीं जाने के लिए तैयार की तरह लग रहे थे। गिरजे के कम्पाउण्ड में दो बच्चे अपनी सुषमित भूषा में बड़े प्यारे लग रहे थे। बच्चों का ध्यान आते ही चारु कैसे पिण्डलियों तक ठण्डी होती ही चली गयी थी।

रोज की भाँति उस दिन भी चारु ने जब पोर्च में कार की घरघराहट सुनी

तब वह कितने वैसे मन से उठकर खिड़की तक आयी थी और परदे को किंचित् हटाकर उसने झाँका था। कार के पीछे वाले शीशे से डॉक्टर द्रविड़ के सिर का पिछला भाग दिख रहा था, और जब कार चली गयी थी तब उसे कैसी अंगहीनता लगी थी। उस दिन चारु ने शाम होने की प्रतीक्षा को जिस तरह भोगा उसे वह कभी नहीं भूल सकती है। कई बार तो यहाँ तक लगा था कि जैसे अब कोई शाम कभी नहीं होगी। वह जानती थी कि अपराह्न की चाय के समय भी डॉक्टर द्रविड़ को नहीं स्मरण पड़ेगा, वह व्यर्थ ही प्रतीक्षा कर रही है पर वह जैसे कटिबद्ध थी कि एक बार भूल से ही उसकी धारणा गलत सिद्ध हो जाए कि डॉक्टर द्रविड़ को चारु की चिन्ता उस तरह की नहीं है जैसी कि पति को पत्नी की होनी चाहिए!

अपराह्न की चाय वह कितनी कठिनाई से पी सकी थी। उसे लगा कि डॉक्टर द्रविड़ ने उसे जैसे पैदल से मात दी है। वही रोज की-सी किताब डॉक्टर द्रविड़ के मुख पर खुली लग रही थी। उनके दाहिने कन्धे पर जाती धूप का एक छोटा-सा टुकड़ा बैठा मुसकरा रहा था। चारु ने दो-एक बार सोचा भी कि इतने निकट के व्यक्ति से इतना मान शोभा नहीं देता पर उसे लगा कि यदि वह इस बारे में बोलना तो दूर, कुछ सोचेगी भी तो रो पड़ेगी। वह अपने बन्द कसे दाँतों में न केवल अपनी कँपकँपी ही रोके हुए थी बल्कि अपने रोने को डाढ़ों से थामे हुए थी। और जब डॉक्टर द्रविड़ चाय पीकर अपने कमरे की तरफ दरवाजा लाँघकर चले गये तो चारु को लगा कि वह मूर्छित हो जाएगी।

रात का खाना भी उसी अन्यमनस्कता के साथ खाया गया। केवल एक ही परिवर्तन यह हुआ कि खाने के बाद चारु अपना वाद्य लेकर बैठ जाती थी और डॉक्टर द्रविड़ आरामकुरसी पर पाइप पीते तन्मय हुए रहते—यह आज चारु के लिए असह्य था, अतएव खाने के बाद वह उठ गयी और लान पर जाकर टहलने लगी। उस दिन जिमखाने भी जाने को मन नहीं हुआ था। पैरों की राह लान की भीगी दूब सुखद लगती रही और वह जाने क्या-क्या सोच ले गयी। आधी रात को जब बिस्तरे पर करवटें बदलते हुए उसने यात्रा पर जाने का निर्णय लिया तो उसे लगा कि जैसे आज के दिन उसने पहला सही काम किया और तब वह निश्चिन्त सो सकी।

जब पन्द्रह दिन बाद वह लौटी तो उसे घोर आश्चर्य हुआ कि डॉक्टर द्रविड़ ने उसे इसी भाव से देखा जैसे अब तक वह अपने कमरे में थी और वहीं से आ रही है। उस दृष्टि में किंचित् भी आक्षेप नहीं था बल्कि ऐसा अदम्य विश्वास था जैसा कि किसी विश्वासी पति की आँखों में ही सम्भव है। वह सोचती ही रही कि इस व्यक्ति

को जब उसकी चिट—'मैं कहीं जा रही हूँ'—मिली होगी तब भी क्या कुछ नहीं हुआ होगा?

यह नहीं कि डॉक्टर द्रविड़, चारु की मात्र इतनी-सी चिट पढ़कर अव्यवस्थित नहीं हुए थे; हुए, पर अपने ही ढंग से। वैसे तो घोषित रूप में नौकरों तक को यह नहीं मालूम हो सका कि 'मेम साब' सहसा कहाँ चली गयी हैं। साथ ही यह भी नहीं मालूम हो सका कि 'साहब' को भी नहीं मालूम। डॉक्टर द्रविड़ ने स्पष्टतः इस स्थिति को उसी रूप में लिया जिस रूप में आठ बजने के बाद नौ को लिया जाता है। रोज की तरह चाय और खाने पर डॉक्टर द्रविड़ निश्चिन्त बैठे होते। किसी अन्य को भले ही कुछ लगा हो पर डॉक्टर द्रविड़ को स्वतः कुछ नहीं लगा। खाने की मेज पर बैठने के पहले वह सदा की भाँति एक बार दरवाजे की तरफ देख लिया करते थे, क्योंकि चारु उसी तरफ से आती होती थी। उन पन्द्रह दिनों में वह एक बार भी क्या चाय, क्या खाना कभी भी उस तरफ देखना नहीं भूले। अच्छा तो यह कहना होगा कि चारु के चलने से उसकी साड़ी जिस तरह लहर लेती थी या उसके कपड़ों की एक विशेष सरसराहट होती थी वह तक उन्हें अनुभव होती रही। यह भी कहा जा सकता है कि चारु के काँटे-चम्मच की जो आवाज होती थी वह तक डॉक्टर द्रविड़ को सुनाई देती थी। डॉक्टर द्रविड़ कहा भी करते कि व्यतीत कुछ नहीं होता, क्योंकि बीतता कुछ नहीं है। केवल हम ही वहाँ नहीं होते इसलिए हमें वह व्यतीत लगता है। समय न विगत है, न अनागत। समय का यह विभाजन हमारा अपना है। समय अविभाज्य सत्ता है। यदि हम किसी प्रकार समय में अपने को स्थिर रख सकें तो हम देखेंगे कि हमें कुछ भी बीतता नहीं लगेगा। एक बार जो भी घटित हुआ है वह कभी बीतता नहीं है। उसकी सत्ता सदा के लिए हो जाती है। चूँकि हमारी सत्ता, समय की सत्ता के साथ नहीं चल रही होती है इसलिए हमें समय विगत वर्तमान तथा भविष्य के रूप में अनुभव होता है। इसलिए उन्हें कभी यह नहीं लगा कि चारु जो विगत में थी वह वर्तमान में नहीं है। चारु का उड़ता आँचल, गोरे नहाये पैर, लम्बा क्लासिकीय 'प्रोफाइल' सब-कुछ उन्हें स्पष्ट दिखलाई देता। चारु जिस ढंग से रात को अपने कप में चाकलेट मिलाते हुए आत्मस्थ लगती है, डॉक्टर द्रविड़ को चम्मच हिलाती चारु की वह मृणाल बाँह कप के चाकलेटी वर्तुल तक यथावत् घूमती हुई दिखती हैं। क्या इसको बीतना कहा जाएगा? तब न बीतना क्या होता है? वैसे एक क्षण को भी डॉक्टर द्रविड़ के लिए यह सोच सकना असम्भव था कि चारु किसी असन्तोष के कारण कहीं चली गयी है। उनका खयाल था कि इतने दिनों से चारु कहीं गयी-आयी नहीं थी, अतः उकता जाना स्वाभाविक था। चारु के सन्दर्भ में किसी भी असन्तोष की बात अकल्पनीय थी।

लेकिन पन्द्रह दिनों के अपरिग्रह के उपरान्त जब चारु लौटी उस समय डॉक्टर द्रविड़ चाय पी रहे थे। जिस हठात् ढंग से वह गयी थी लगभग उसी अनायासता से

वह लौटी भी थी। पोर्च में ताँगे की आवाज हुई होगी तो क्या 'इनको' जरा भी कुतूहल नहीं हुआ होगा? वह जब 'डाइनिंग-हाल' में आयी तो डॉक्टर द्रविड़ वैसे ही शान्त भाव से चाय पी रहे थे। बँगले का अनझपी पलक की भाँति सुँता सन्नाटा रोज की भाँति एक पैर पर खड़ा लगा। जिस आत्मीय एवं रोज की-सी दृष्टि के साथ उन्होंने चारु की ओर देखा उससे चारु को बड़ी निराशा हुई। कहीं कोई उत्तेजना नहीं, जिज्ञासा नहीं और वह अवश-सी चाय के लिए बैठ गयी। चारु को आशा नहीं थी कि डॉक्टर द्रविड़ कोई बात करेंगे। उस चाय की टेबल पर जो हठात् मौन घिर आया था उसके शून्य में 'सिप' की कोमलतम आवाज, प्यालों में कपों का रखा जाना सब स्पष्ट सुन पड़ रहा था। सम्भवतः दोनों एक-दूसरे की ओर नहीं देख रहे थे।

—यात्रा कैसी रही चारु?

प्रश्न के पूछे जाने के समय चारु कन्याकुमारी में देखे गये सूर्योदय एवं सूर्यास्त को अपने में भोग रही थी। प्रश्न सुनकर वह चौंकी अवश्य, पर उसके चौंकने की प्रतीति डॉक्टर द्रविड़ को न हो इसके प्रति वह अनजाने ही सतर्क थी। प्रश्न सुनकर लगा कि क्या इन्हें इस तरह पूछना चाहिए था? क्या यह नहीं पूछ सकते थे कि चारु! तुम इस तरह अनकहे अचानक कहाँ चली गयी थीं? क्या इतने निकट की जिज्ञासा अब कभी नहीं होगी? प्रश्न तो ऐसे किया गया जैसे इनसे पूछकर चारु गयी थी। उसके निकट ऐसे सौजन्यात्मक प्रश्नों का उत्तर कम-से-कम घर के लिए नहीं है। जब इन्हें यही समझ में नहीं आया कि चारु क्यों चली गयी थी, और कहाँ चली गयी थी? तब वह क्यों और क्या उत्तर दे?

और वह उठ गयी। अभी वह अपने कमरे की तरफ के दरवाजे तक पहुँची ही थी कि उसे पीठ की ओर से सुनाई पड़ा।

—तुम्हारी डाक तुम्हारे ड्राअर में है...और चारु! मैं तो उस दिन जन्म-दिन...

चारु इस बीच बरामदे में पहुँच चुकी थी।

जिमखाने की लान की दूब की ठण्डक के साथ वह बीच-बीच में वर्तमान में लौट आती कि जिमखाने के लान पर टहल रही है न कि रामेश्वरम् के समुद्री तट पर है जहाँ कि वह मूर्ति के सामने जब निरानन्द भाव से खड़ी हुई थी तो उसके मन में कैसी एक कामना ने घर कर लिया था और तब वह मूर्ति को कितने कातर भाव से देखती खड़ी रही थी कि यदि उसके भी कोई...कोई...और इससे अधिक वह अपने ओठों में भी नहीं बुदबुदा सकी थी। समुद्री हवा में उसके उड़ते पल्लू के निकट ऐसा लगा कि एक छोटा हाथ उसे जाँघों के यहाँ छू रहा है और वह चौंक उठी थी। वस्तुतः कहीं कुछ नहीं था। दूर-दूर तक विस्तार और समुद्री गर्जन के अतिरिक्त केवल दैवी ऐकान्तिकता थी।

वह न जाने कब तक जिमखाने के लान पर टहलती लेकिन उसे बताया गया कि दस बज रहे हैं और उसे जाना चाहिए।

पोर्च में गाड़ी रोककर रोज की भाँति वह अपने कमरे के लिए दाहिने हाथ मुड़ी ही थी कि ताड़ के गमलों के पास आज अनायास डॉक्टर द्रविड़ को खड़ा देखा तो उसे घोर आश्चर्य हुआ। इस समय कभी भी यह महाशय यहाँ नहीं देखे गये होंगे। उनके मुख पर किसी किताब की भी अभिव्यक्ति नहीं लग रही थी बल्कि लग रहा था कि बड़ा परिचित मानवीय मुख है। दोनों की आँखें कुछ क्षण को ठिठककर देखती रहीं। चारु ने बरसों से ये आँखें नहीं देखी थीं। परिस्थिति ऐसी थी कि चारु को बोलना ही पड़ा।

–यहाँ क्या कर रहे थे आप?

–तुम क्या सुनना चाहोगी?

चारु कभी सोच भी नहीं सकती थी कि इन्हें भी बोलना आता है और वह भी ऐसा। डॉक्टर द्रविड़ ने उलटे प्रश्न कर चारु को निरस्त्र कर दिया। डॉक्टर द्रविड़ ने अपना हाथ आगे बढ़ाते हुए कहा–

–चारु, तुम इन दिनों कमजोर होती जा रही हो, आराम किया करो।

और चारु का हाथ थाम लिया।

जिस बात की कामना के लिए वह गत दस वर्षों से परेशान रही है वह यही तो है कि यह कहें कि चारु, तुम्हें यह करना चाहिए और वह नहीं। डॉक्टर द्रविड़ ने जैसे ही उसका हाथ लिया उसे लगा कि वह अपनी नारी देह से भी सार्थक होने जा रही है! कोई दो छोटे हाथ उसे अपने में तैरते-से लगे। उसे विश्वास नहीं हो रहा था कि डॉक्टर द्रविड़ के हाथ में हाथ दिये वह अपने घर के बरामदे में इतनी रात गये खड़ी शुक्र नक्षत्र देख रही है। वह अपने को सँभाल नहीं पा रही थी। डॉक्टर द्रविड़ ने अपने कन्धे का सहारा दिया और अनजाने ही चारु अपनी देह का सारा बोझ डॉक्टर द्रविड़ को सौंपकर निढाल थी।

□□□